在实现了温饱、实现了全面小康以后,我们还要继续振兴乡村。中国有 13 亿多人口,吃饭问题始终要靠自己解决,无论城镇化怎么发展都会有几亿农村人口,我们不能一面有繁荣的城市,一面却是落后甚至衰落的乡村。农村的发展不单是产业发展,不单是物质文明,精神文明、文化生活也要搞好。

——习近平总书记在战旗村的讲话(摘自新华网 2018 年 2 月 12 日)

中国有个战旗村

杨虎 著

成都时代出版社
CHENGDU TIMES PRESS

这是一个光荣的称号

这是一面飘扬的旗帜

战旗,九百六十万辽阔河山的红色圆点

战旗,五千年中国乡村转折的美丽坐标

祖国的春天浩荡无边

当北国冰封,杨柳的细腰随雪花起舞

述说春天最初的律动

江南的水乡已波光粼粼

燕子驮着晚归的夕阳

向漫天的星辰翩然飞翔

此刻,春色染遍了川西

我们从四面八方赶来

在战旗村聆听祖国的心跳

总书记站立过的地方

楠木青翠,海棠粉红

灰瓦白墙,翠竹轻摇

蜀风雅韵是远眺的青山遥遥

温暖宜人是眼前的绿田弥望

这片古老的土地

如今仍回荡着杜鹃的啼唱

水声潺潺,丛帝的身影还在历史深处闪耀

农耕生活的温暖

依然还在十八坊里悠悠飘荡

布鞋坊里,母亲以亲情作针、岁月为线

一针一针,温暖着游子的心房

榨油坊的号子,一声声,吼得菜花的大海浪花飞扬……

朝着乡村振兴的方向

从集凤这个朴素的名称

到战旗这面高高飘扬的时代坐标

历史走过的道路弯弯曲曲

虽然人民的内心总是回荡恒久的乡愁

乡愁却不能老是哼唱昨天的歌谣

治蜀兴川的叮嘱还在耳边回响

绿水青山就是前方的目标

当新时代的号角吹响

明天的风景向我们阔步走来

是谁轻轻诉说，战旗四季如春

是谁高声吟唱，战旗明天更加辉煌

向着乡村振兴的方向

我们在战旗村聆听祖国的心跳

每当我们抬头，就有一副对联引我们深深凝望——

福泽千村战旗飘飘车头带

气涵万千人杰地灵开新篇

　　——题记：在战旗村聆听祖国的心跳

好一片田野,五谷为之着色。

——[波兰]密茨凯维支

土中生白玉,地内出黄金。

——旧时川西人家祭祀土地爷所贴对联

猎猎战旗别样红

何建明

　　我一直认为中国的好故事确实太需要好的讲故事能手来讲述。我从事文学创作四十余年,看到一批批原本默默无闻的人和地区,因为文学作品的推动,后来具有全国乃至世界影响力,便更坚信这一点。

　　喜欢《中国有个战旗村》是因为首先喜欢"战旗"二字,它让我想到中国共产党领导人民推翻三座大山的浴血革命战争史诗;它让我想到了我曾经战斗与工作过的成都地区的那些"战旗"元素……对一名曾经在四川服役过的军人来说,"战旗",就是一份瞬间可以热血沸腾的亲情和一份不可割舍的亲切。

　　但,现在这本书中讲的是一个"战旗"村庄的故事,一个有着响亮名字的村庄的乡村振兴的故事,也许正是因为上面的"战旗"情愫,让我迫不及待地想看完此书……

我喜欢上了。

喜欢这个叫"战旗"的村庄，并被这样的村庄所吸引、感动，和产生欲去观摩学习一次方罢休的想法。这是这部作品的魅力所在——文学之所以有它存在的价值，就在于它能够打动人、吸引人、教育人和影响人。

我们先说叫"战旗"名字的村庄。

毫无疑问，能让总书记盛赞和称道的村庄，一定是山村巨变的佼佼者，一定是乡村振兴中的排头兵。尽管我们经常在电视和报纸上看到总书记到各地走访，但却少有像到战旗村那么长时间与村民和干部们聊家常，我想一定是战旗村的魅力让总书记格外欣慰和高兴所致。

是的，战旗村的巨变首先是因为在习近平新时代中国特色社会主义思想的旗帜指引下，坚持了以人为本、以发展为本、以人民为本的原则。其次是在村党支部领导下，通过一代又一代人坚持不懈地从实际出发，发扬艰苦奋斗、自力更生的光荣传统，走出了一条具有自己特色的发展道路。再者是紧紧盯住科技是第一生产力这一真理，在奋斗征程上突出创新理念，让农村的发展不再单一、粗劣和低效，而是走高精细杂的高效产业之路，最终打造出一个中国西南乡村振兴和乡村巨变的"猎猎战旗"标杆村。

在战旗村，习总书记看到了人民在新发展理念下拥有的获得感、幸福感；看到了"中国梦"下绚丽的新农村景象；看到了距中国人民"第二个一百年"的奋斗目标又近了一大截的样板点。他脸上的笑容被猎猎战旗所感染……

战旗村的典型意义属于今天这个伟大时代，更属于明天和未来中国的方向，因为中国要富强，唯农村富强了才可能真正实现。

战旗村的战旗已经在中国农村独一无二地闪烁着它的光芒。但我想说的是：战旗村不能缺一本关于她的战旗如何猎猎飘扬的书，而这本书就是我们现在看到的杨虎所写的《中国有个战旗村》。

它及时、生动、精彩,很文学又很社会地呈现给了我们,让人欣喜。

自徐迟之后,我几乎参与了中国报告文学三十多年来所有的发展事业和扛旗工作,当了三十多年的中国报告文学学会副会长、会长,和三届中国作家协会驻会副主席,及两任中国作协报告文学委员会主任职务,几乎熟悉新时期以来每一位重要的报告作家。他们有的是我的同龄文友,有的是我的学生,他们中已经有相当多的人可以高飞了,还有相当多的人仍在努力攀登。而且这期间,我至少将几十名原来搞小说的人"拉"进了报告文学队伍,他们的进步很传奇:在小说界没有进入"第一方阵",三五年报告文学创作下来,很快成为中国报告文学队伍里的"第一方阵"骨干。其中不乏四川的报告文学作家。他们中的一些人,之前我并不认识,但看到他们的第一部或第二部"冒"出来的报告文学作品后,便有了"带"他们到我们共同的"讲好中国故事"的报告文学创作大军之中的想法。这我得感谢阿来兄的支持,尽管他是小说家,然而他也身体力行地参与了"讲好四川故事""讲好中国故事"的非虚构创作。他对四川作家和中国作家从来都有巨大的带动作用。

《中国有个战旗村》的作者又是一个突然"冒"出来的四川青年作家,而且他以前的创作履历里基本上都是小说创作,这更让我格外欣喜。尤其读了他的这部作品后,让我忍不住再一次惊呼:四川原来不缺报告文学作家啊!

杨虎可以成为一个比写小说更出息的优秀报告文学作家——其实优秀的作家,本来便可以是多面手。阿来便是一例:著名小说家,散文高手,非虚构不比谁差!杨虎的叙述,一看就是写小说出身的,其语言优美、节奏明快、叙事紧凑、布局得当、说理说事并举……这些都是优秀报告文学作者必备之技,他在这部书中都有很好的发挥。

报告文学创作并不适合所有写虚构作品的作家,或诗人与戏剧家来创作的,因为它特别受客观事物的限制。这种限制有时让小说家和诗人及戏剧家痛苦不堪,最后不得不放弃对它的尝试。这也是一些地方、一些文学大省盛产小说家、盛产诗人而出不了一个像样的报告文学作家的原因。因为"戴着手铐脚镣跳舞"确实非常难,然而杨虎这回"跳"得非常好,非常到位:他把战旗村的每一个需要呈现的人物,以小说的语言、小说的结构、小说的排序和推进,给予了合理而准确的叙述,同时又把报告文学中的"时代性""客观性""说理性",进行了有机的艺术嵌入,看不出它是一部着意的"政治宣传书",或"新闻报告文",而是合格甚至比较优秀的报告文学作品。它紧紧抓住战旗人在振兴乡村的事业上把"战旗"染得红又红的主线进行了很好的文学叙述,因而获得了可读性、耐读性,读后能够激发我们对这个伟大时代的自豪感。

我要说的最后一句概括性的话是:《中国有个战旗村》让我们十几亿人都在努力的新农村建设有了一个标杆;同样,文学也因为有了一部关于新时代"战旗"的作品而让我们更深刻地理解"文学战旗"其实也需要猎猎飘扬……

祝贺杨虎。也期待他的新作诞生。

2022年仲夏于北京

作者简介

何建明,中国作家协会第七、八、九届副主席,中国作家协会报告文学委员会主任。

001　　**序章　总书记来到了咱们村**

总书记深情地对战旗村的乡亲们说，在实现了温饱、实现了全面小康以后，我们还要继续振兴乡村。中国有13亿多人口，吃饭问题始终要靠自己解决，无论城镇化怎么发展都会有几亿农村人口，我们不能一面有繁荣的城市，一面却是落后甚至衰落的乡村。农村的发展不单是产业发展，不单是物质文明，精神文明、文化生活也要搞好。

043　　**第一章　风吹楠木林**

战旗村的这一片楠木大多数为香楠，一共有二十来棵，棵棵腰身挺拔、树干笔直。人从林中穿过，总能感受到清风徐来，枝叶间弥散着一缕淡淡的清香。细细算起来，这片楠木林的成长，恰好与新中国的改革开放同步。或许也可以这样形容，这一片楠木是幸运的，它们的根须刚一伸入土壤，便沐浴着时代的春风，与战旗村一起，向着蔚蓝的天空尽情生长。

第二章　季春夜行人

又大又圆的夕阳从天边落了下去，青色的暮霭开始从竹林深处涌上来。这时候，一直沉默着的蒋大兴开始说话了。他环顾了四周的乡亲们一眼，喉咙里有些哽咽："我们现在分村了，不能靠别人了，要靠我们自己了！民以食为天，如果饭都吃不饱，说啥都没用！"

第三章　肩挑背磨十年路

一行用石灰水刷出来的"沟端路直树成行，条田机耕新农庄"的洁白的大字首先刷在了大队部的墙壁上。远远望去，这一行字既醒目又美观。村民们咀嚼着这句话的含义，心里那种对美好生活的向往顿时被唤醒了。

第四章　大家有劲一处使

那场大火把夜空的云朵映得红彤彤的。在这片令人眩晕的红云下面，人们呼喊着、奔跑着，一个个装满了渠水的洗脸盆在排成一串的人们手中飞快地传递着，然后被排在最前面人双手一抡，满盆的水"呼"地扑向那正席卷屋顶的熊熊烈焰。

145　**第五章　战旗村的"高加林"**

正是多雨的夏季，由于前一天晚上下了大雨，道路泥泞不堪，高德敏刚出村，身下那辆"除了铃铛不响到处都响"的"峨眉牌"自行车的轮子上便沾满了稀泥。他越是用力，泥巴就糊得越多。眼看火辣辣的太阳已升在头顶，他心急如焚，干脆把自行车扛在肩头，硬是一步一步走到了公路上。等到他兴冲冲地赶到学校时，却看见了自己那离高考录取线只差三分的成绩。

163　**第六章　来了360名大学生**

这些年，虽然战旗村的生活好了，村上的企业也办得红红火火，然而村民们的整体素质却有待提高。作为村主任，高德敏对此非常敏感。他曾经在城里读了好几年书，对此有着深切的体会。在他看来，战旗村人通过这么多年的不懈努力，虽然在生活上、穿着上已经不输于城里人，然而整体的文化修养和文明素质还不够。

179　**第七章　铜头、铁嘴、橡皮肚和飞毛腿**

从蒋大兴到高德敏，五十多年来，战旗村的八位书记都有着一个共同的特点，那就是他们特别喜欢用乡村的农谚或民谣、俗语来表达自己的情感，或者对战旗村发展的理解，而且他们还会根据自己的理解，把这些"土得掉渣"的话进行修改。这里面，蕴含着什么启示呢？

第八章　我想把战旗村打造成一个农业公园

随着十八大的召开,党员们的思想进一步得到了解放。于是,一场润物无声的行动开始了。这一次,是战旗村进行的华丽转身,为了推动产业转型,村委以壮士断腕的决心坚决关闭经济效益较好但污染严重的铸铁厂,同时还关闭了8家化肥厂、规模养殖场……

第九章　党建的力量

蜀国曾闻子规鸟,宣城还见杜鹃花。
一叫一回肠一断,三春三月忆三巴。
李白的这一首《宣城见杜鹃花》把我们带入了阳春三月杜鹃盛开的场景之中。那光彩夺目、鲜艳欲滴的杜鹃花海是由数不尽的花朵组成的,它们把枝丫团团围住,在春天的阳光里显得更加鲜艳。在战旗村,这一朵朵花更像一朵朵火焰,从每一个党员内心燃烧出来。它们所发出的光芒汇聚到一起,就是战旗村强大的党建力量。

第十章　战旗如画

横山之阳,柏水之滨。西通灌口,北接天彭。
青畴沃野,阡陌纵横。秀毓天地,代有豪英。
兴邦救国,各建奇勋。乃文乃武,名垂丹青。
缅之颂之,永励来人。今逢盛世,百业振兴。
城乡竞美,万象欣荣。咏之叹之,以示来宾。

序章 总书记来到了咱们村

总书记深情地对战旗村的乡亲们说，在实现了温饱、实现了全面小康以后，我们还要继续振兴乡村。中国有 13 亿多人口，吃饭问题始终要靠自己解决，无论城镇化怎么发展都会有几亿农村人口，我们不能一面有繁荣的城市，一面却是落后甚至衰落的乡村。农村的发展不单是产业发展，不单是物质文明，精神文明、文化生活也要搞好。

一

过了十多年舒适日子的纪师傅万万没有想到，自己不经意间冒出的一个像自家院子里那棵柳树上芽苞一般的小小念头，竟差一点让一向温馨的小家庭吵翻了天。

这是2018年仲春时节，正是川西平原农村育秧母田的时候。这时节多雨。许多年前，秧母田是一小块一小块碧绿的水田，翡翠般嵌在发黄的油菜和青色的麦田中间，躬身在秧田之中的，是头戴斗笠、手持泥板的庄稼人。春雨贵如油，既滋润着秧母田旁边田里的麦子和油菜，也催发着庄户人家房前屋后的桃花、梨花，或者李花，更绿得一条条沟渠里的水流碧泻翠，洁白的浪花哗哗不歇地向前涌动。

万物生发。当秧苗绿嫩嫩地拱出泥土，长到一指长的时候，正梨花胜雪，而稗子也随着一片翠绿生长出来了。民间传说外形与秧苗极为相似的稗子原本是稻子的祖先，但自从人类将它们区分出来之后，就成了庄稼人眼里的"恶草"，只要一见到，就必须连根拔起，然后将它们拴到一起，扔到烈日下暴晒，直至其叶枯根干。祖祖辈辈埋头向土地讨生活的庄稼人对稗子如此深恶痛绝，以致将这种植物也引入了自己的生活里——据方言研究者考证，在川西平原，那些好吃懒做、崽卖爷田不心疼的家伙都被人们叫作了"败（稗）家子"。

然而要把稗子从秧苗里连根扯起来是不容易的。除了叶片稍宽、叶面毛刺稍多一点之外，它们与秧苗几乎一模一样。扯稗子一般都在上午九十点钟以后。庄户人把双脚插进汪汪泥水里，身躯躬得像弯着身子的虾。借助头顶明亮而热烈的阳光，他们拨开密密的秧苗，顾不得伸手抹一抹额上沁出的如米粒般的汗珠，一边细碎地挪动脚步，一边细细寻找着……

扯几天稗子下来，他们捂了一个冬天的颈项、胳膊就晒得又黑又亮，可是布满皱纹的脸上，两只眼睛却神采奕奕地鼓得几乎凸了出来，闪耀着对秋天的期盼。

这是十多二十年前的风景了。

现在，传统的水田育秧法已被更省事也更有效率的"旱田育秧法"所代替。到乡村里去，田野间也很少再见到在细雨中用泥板平整

▲ 2007年8月，袁隆平院士参观郫县（现郫都区）唐昌镇战旗村的水稻高产示范片

秧母田，或在烈日下弯腰拔除稗子的农人。肤色白皙的农人们的声音和身影，常常悠闲地闪动在翠竹掩映的一栋栋灰瓦白墙的民居之间，这让你心里直犯嘀咕。然而眼前的景象却不容置疑：每年一到仲春时节，一片又一片嫩绿的秧苗依然翡翠般在田畴间呈现出来。

而人家房前屋后的梨花也更加翩然若雪了。

农谚有云："清明要明，谷雨要淋。"果然，时令刚挨谷雨，漫天飘舞的细雨就如约而来。细雨如丝如线，在一望无垠的平原上密密地斜飞。撩开浅绿色的窗帘，从二楼寝室里那刚换的洁白的塑钢窗户望出去，只见天地间已袅袅升起一片渺渺烟雾。然而这烟雾却不似秋雨时节令人伤感的萧瑟与灰蒙，分明透着一股春天特有的生机与亮色。是的，烟雾后面，有春的深绿、浅绿和淡绿正在一棵棵柳树、枫杨、水杉等旁逸斜出的枝条上爽心爽眼地铺缀。

屋后，柏条河的水面上正荡开一圈圈涟漪，如翠色的丝绸缎面一般轻微地颤动。

村子里安静极了。淅沥的雨声里,屋后那片翠绿的竹林深处欢快地划过几声"布谷——布谷"的啼鸣,刚要循声寻觅,那声音转眼又回荡到了不远处那道名叫横山子的蜿蜒的浅丘上、邻村里。

此刻,在郫都区唐昌镇战旗村,一面墙壁上爬满了常青藤的普普通通的农家院落里,窗外是一片勃发的春色,屋内年近半百的纪师傅却陷入了忧愁之中。整整三天了,纪师傅依然为此吃不香、睡不好,困扰着他的,是内心一个就要像火山一样喷发出来的想法。

这个想法像窗外田野间秧母田中的秧苗一样,刚从心里冒出一点芽苞的时候,连纪师傅自己都吓了一跳:"我这是咋的了?都挨边五十岁的人了,还琢磨这个?硬是不服老嗦?"随即,一阵苦笑浮上他的嘴角,想起了老伴这几天来在他耳边那不停的絮叨:

"真是人心不足蛇吞象,现在这么好的日子不晓得享受。你呀,就不能安闲一点?"

"买买买,一天到黑你就光晓得买买买。你包包头那几个钱经得起几个折腾?万一折本,我看你哭都来不及!"

只有儿子明里暗里给他打气。这让老纪宽心不少:毕竟是年轻人啊,见过大世面,有冲劲。谁知儿子不说还好,一开口,老伴那张微胖的圆脸顿时就拉长了。

就在今天,一家人又"吵嘴"了:

"我把丑话说在前头,要折腾,拿你们两爷子的钱去折腾!都五十来岁的人了,你鼓捣要当'败家子',我可由不得你。实话告诉你,我各人的钱,各人有安排。"

老纪父子俩相对苦笑了一下。儿子朝父亲悄悄递个眼色,故意问道:"妈,你的钱,要咋个安排?"纪师傅老伴脸上的神情忽然有些不好意思:"前几天,我和几个姐妹商量了一下,准备打伙开一家民宿……"

"民宿?"纪师傅一下子没反应过来。看他一脸懵懂的样子,老伴没好气地白了他一眼。儿子连忙帮忙解释道:"就是客栈、旅馆……"

纪师傅顿时明白过来,连连点头:"旅馆我知道,就是……"谁知他不开口还好,这样一说,老伴顿时勃然大怒:"啥子旅馆、客栈?我告诉你,是民宿!"

儿子急忙打着圆场:"对对对,这个民宿吧,也不是啥子旅馆,而是年轻人都喜欢的……"纪师傅连忙冲妻子赔了个笑脸,说道:"好好好,我懂了,我懂了。这样吧,我这边的事你不用拿钱,不过你尽管放心,就算你不投资,到年底了,我们两爷子还是要给你分红的……"说完,不等妻子回答,纪师傅从客厅里抓起一把雨伞,迈步就走了出去。

走出家门,就是整洁而又宽敞的街巷。街巷两边,是两户一栋的、排列得整整齐齐的川西传统民居风格的乡村别墅。虽然春节早已过去,但按照川西平原的习俗,很多人家的门口依然张贴着春联。这春联一般要贴对年,也就是要到下一年春节时才扯下来换上新联。纪师傅撑着伞,一边听着沙沙的雨声,一边缓缓行走在这熟悉的街巷间。不经意间,他从心事里抬头,目光缓缓从邻居家门两旁这些已有些褪色的春联上扫过,顿时被吸引住了。他文化不高,初中毕业之后,就回到了战旗村。起初是务农,然后瞄准了蔬菜种植,挣了些钱,成家后,每年能带来大几万收入的蔬菜园子就交给了老婆打点,他则到了唐昌镇工业区的一家企业务工。两口子一个主内,一个主外,收入稳定,小日子过得殷实而又闲适。在企业里,纪师傅从学徒开始,一干就是二十多年,从一个小伙子变成了如今年近半百的中年人。自从离开学校后,纪师傅很少再捧起书本,然而眼前这些春联朴实而又富含意蕴的语句此刻却突然吸引住了他。他像品尝一盘盘菜肴一样,边走边津津有味地品味着它们。他觉得,这些春联里,有着邻居们的心声——

又是一年春草绿
依然十里杏花开

人勤春早天地新
地厚载德万物盛

千顷稻花真秀色
一番桃李又春风

…………

读着读着，纪师傅竟渐渐把刚才的烦恼抛到了脑后。他仿佛第一次发现，每年春节都在张贴的春联竟然有着如此的魅力。这些字他都认识，如果单独看，好像也没什么好深的意思，可是此刻组合到一起，又贴到了门两边，竟然就有了一种无法言说的味道。这味道里，分明充满了邻居们对未来生活的祝福和向往，对脚下这片土地的深情和热爱。读着读着，纪师傅内心也萌生出了一种说不清道不明的情愫。

雨声沙沙。不知不觉间，纪师傅走到了一个十字路口。这儿堪称一个袖珍花园，往西的路边是一棵金桂，虽然还没到飘香的季节，然而这棵枝繁叶茂的金桂在雨中亭亭而立，散发着一种润人的气息。路口向东，是一丛挺拔的翠竹，细密的春雨从竹叶上流下，宛如露珠一般。翠竹后面，是一段蜿蜒的白墙。墙里，一树桃花原本就火一般红，被雨水洗过之后，花瓣非但没有凋零，反而益发鲜艳。

纪师傅正看得入神，耳边忽然响起了一个爽朗的声音："老纪，下雨天不在家头喝茶看电视，一个人跑出来做啥子？"纪师傅抬头一看，只见一张笑呵呵的脸出现在眼前。他心里顿时生发出一种亲切的感觉，"高书记，我遇到难题了！"

闻听此言，高德敏，这个战旗村的"当家人"不禁吃了一惊，包括纪师傅一家在内，整个战旗村1700多人，每一户每个人的情况他都像自己的手脚一样熟悉得不能再熟悉了。

他连忙问道："老纪，是咋回事？"

"书记，我，我想买一辆观光车，可是家头人不齐心啊！唉！"

观光车？高德敏顿时来了兴趣。他好奇地问道："你家头现在已经有了一辆别克，还要买观光车？这东西可是旅游景区才有用啊，而且还是'全天候空调'，冬天冷夏天凉快。你买来做啥？"

纪师傅急了，一字一顿地说道："我觉得这是个商机！"

高德敏顿时明白了眼前这个

肤色黝黑、一眼看去就是个朴实庄稼人的内心想法。他微微一笑，将手向路中间一指："我记得，总书记来的那天，你也是站在这里吧？"

"嗯。"纪师傅郑重地点了点头。是啊，他怎么会忘记那激动人心的一幕幕情景呢？！对纪师傅来说，那一天，自己这个与小麦、水稻、油菜打了大半辈子交道的普通庄稼人第一次见到国家领导人。

那一天，是2018年2月12日，农历腊月二十七，正是小年过后第三天。上午，微风习习，晴空如洗，当远处的雪山在冬日的晨光中露出巍峨的金色山影时，习近平总书记迈着稳健的步伐，带着亲切的笑容，走进了正洋溢着一派热闹气氛的战旗村。

那一天，就在这个十字路口，总书记深情地对战旗村的乡亲们说，在实现了温饱、实现了全面小康以后，我们还要继续振兴乡村。中国有13亿多人口，吃饭问题始终要靠自己解决，无论城镇化怎么发展都会有几亿农村人口，我们不能一面有繁荣的城市，一面却是落后甚至衰落的乡村。农村的发展不单是产业发展，不单是物质文明，精神文明、文化生活也要搞好。

那一天，纪师傅和战旗村里的众多乡亲们一起站在总书记的面前。和乡亲们一样，纪师傅也不知道该用什么语言来表达自己对总书记那发自内心的爱戴之情。当总书记话音刚落，他就情不自禁地鼓起掌来。当如潮的掌声散去，纪师傅耳边依然回响着总书记这番语重心长而又高瞻远瞩的叮嘱。他没有想到，那一刻之后，这番话竟像秧母田里那萌发出来的翠绿的秧苗一样，在他心田里热烘烘地扎下了根，让他这个川西平原上已到"知天命"之年的普普通通的农民内心激起了一股抑制不住的对于创业的渴望。

▲ 2022年夏,在战旗村村委会旁的"福"字亭前,两位老人正在聊天。

▲ 战旗村党群服务中心

二

像往年一样，时令一进入腊月，战旗村就洋溢起一派喜气洋洋的气氛。走进村来，首先映入眼帘的，是家家户户阳台上、窗户前悬挂着的香喷喷的腊肉、酱肉和广味、川味香肠，这香味是如此诱人，以致常常有成群结队的麻雀猝不及防地从屋后的树林间扑腾腾飞出来，朝上面啄一嘴就跑；其次，是上了年纪的人们脸上那透着祥和与满足的笑容；最热闹的，则是年轻人，他们穿着时髦，驾驶着新买的"宝马""奥迪"等名车，穿梭在街巷之间……

而在战旗村的党群服务中心，则依然是和平常一样繁忙的工作景象。村委会的办公室就设在二楼上，每个办公室的门都敞开着，不时有村民进进出出……

川西平原以前有一些俗语，是专门用来形容庄稼人过年景象的，比如：

过年过年，人家过年我过月；
过年过年，年年过年年年难。

这是光景不好的年头，穷困的庄稼人苦中作乐，拿自己那艰难的日子来调侃自己的。宽泛一点说，在党的十一届三中全会前，一到年关，这两句话便出现在川西平原上的很多农村家庭里。当肚子里缺少油荤的孩子们眼巴巴地望着父母，小小的黑眼睛里流露出想打牙祭的期盼时，那些当家的汉子扭头望望布满了蜘蛛网的墙角，眼含泪水，满脸羞愧，低下头来，不得不用这两句话来自我解嘲。

随着时间的推移，这些俗语也在悄然发生着变化。不知不觉之间，到了过年的时候，这些原来经济拮据、"手长衣袖短"的庄稼汉们的脸上已不再是茫然和羞惭，他们喜气洋洋地看着自己的孩子，一字一句地教他们念道：

冬至不割肉（肉读 ruò），枉在世上活。

这是改革开放之后，家里粮油不缺的庄稼人充满自豪感和喜悦感的口头禅。那时候，川西平原的村子里，一过冬至，家家户户就开始杀年猪，准备熏腊肉、灌香肠。几乎每个村头都置着一口大铁锅，锅里的开水整日热气腾腾，青色的烟雾混合着人们的欢笑声、又肥又白的年猪的叫声和噼噼啪啪的鞭炮声，徐徐向晴朗的天空袅袅腾起。

现在的生活呀，天天都在过年。

这是进入新时代以后，川西平原农村最为流行的一句话。的确，如果说昨天的乡村对于吃喝的要求仅仅满足于基本的猪、鱼、鸡等荤菜，那么，在当下的乡村，人们的口味与体验已在不知不觉之间发生了变化。

"就成都周边而言，我的感觉是，现在大家一是要求吃得好、吃得新鲜、吃得健康，二是要吃出记忆中美好的味道。"高德敏说。

的确是这样。近年来，成都平原的乡村厨师们在办乡宴时发现，以前杀一头猪就能基本满足乡亲们了，炖个猪蹄、烧个红烧肉、熬个回锅肉，然后再配上猪肺、猪肚、肥肠等，办事人家的脸上就收获了满满的笑容。后来，猪肉外，还须得配上鸡、鸭、鱼，才能让乡亲们吃得满意。这几年，甲鱼、鳝鱼都已经算不上好席面了，讲究一点的人家办事，开口就要三文鱼、鲍鱼、扇贝、龙虾、大闸蟹等，同时，有的人家还要求增加竹荪等山珍。时代的发展，让今天的乡村对食材的需求也变得多元化起来，在山珍海味之外，人们也讲究食材的合理搭配，餐前水果里，要求有来自新疆的哈密瓜、凉山州安宁河谷的小番茄等，甚至，蕨菜等山里所产的野菜也走上了乡村的席桌。

如今，在战旗村及其附近的乡村，当遇上红白喜事的时候，虽然这些食材已经算是一种"标配",但时令一到了冬至,川西平原的乡村依然保持着杀年猪、做腊肉、灌香肠、包粽子的习俗。很多人很认真地说,这已经不是为了吃喝,而是为了留住祖先们从农耕时代流传下来的一种习俗。

但四年前的那个腊月,对于战旗村来说,是如此令人难忘——第一次,在充满川西特色的乡村的韵味里,习近平总书记踏上了这片土地。

那一刻风和日丽,蜡梅飘香。当总书记的身影出现在村口的战旗广场时,乡亲们喜出望外,他们按捺不住激动的心情,纷纷拥上去,从心底喷涌出土地般朴实的语言,兴高采烈地向总书记问好。时隔四年,一谈到当时的情景,战旗村的"当家人"、时为村党总支书记的高德敏依然记忆犹新。只是他这个记忆里,藏着一个许多人都想不到的"意外"。

这个意外就是——按照高德敏最初的想法,他是应该用普通话汇报的,可是当总书记走到战旗村的展板前俯身仔细观看并准备详细询问了解战旗村的发展历程时,却出现了"戏剧性"的一幕:

总书记看着眼前这个憨厚、朴实的汉子,亲切地问道:"战旗村这个名字的来历是?"

高德敏却回答道:"总书记,我用四川话汇报好不好?"

总书记笑了起来:"好。"

高德敏为什么会突然改变主意,用四川话向总书记汇报呢?时隔四年,站在2022年春天的阳光下,空气里都是油菜花扑面而来的醉人的清香,已从战旗村党总支书记转任为战旗村党委书记的高德敏向我娓娓道来,对那天的情况进行了"解密":"总书记来的那天,其实我刚刚重感冒痊愈。虽然我对村里的情况非常熟悉,但一想到自己要向总书记汇报村里的情况,说实话,心里还是有点激动和紧张。而且,我的普通话发音确实不够标准,加上感冒刚刚好,一开口,自己都感觉鼻子里有点瓮声瓮气的,于是我觉得还是该用自己从小就说惯了的四川话来汇报,这样才更自然一些。"

"事实证明,我起初的担心是多余的。这么多年来,总书记的脚步走遍了祖国的千山万水,他怎么会听不懂四川话呢?"说到这里,身材并不高大的高德敏发出了爽朗的笑声。

其实,2018年2月12日10点55分,当总书记一行乘坐的车辆缓缓驶出国道317线,沿着那条铺展在翠绿的田野间的战旗大道驶入战旗村时,守候在战旗广场上的高德敏的第一句话还是用普通话说的。这句普通话朴实、饱含了深情,但发音确实不太标准。用高德敏自己的话来说就是:"我私下里不晓得练习了好多回,但硬是学不会像北京人那样卷起舌头说话。"

那天上午,高德敏用不熟练的普通话向总书记致意:"总书记好!"话一出口,他就感觉既紧张又别扭,幸好,总书记也微笑着点了点头,向高德敏致以了亲切的回答:"你好。"

当听到自己用四川话汇报的请求得到总书记的肯定后,尤其是看到总书记那始终如一的亲切笑容时,高德敏这个土生土长的战旗村的庄稼汉、"当家人"的心里立刻变得既温暖又放松。他扳着指头,一五一十、如数家珍般地向总书记讲述了战旗村这个名字的来历:"战旗以前叫集凤大队,1965年,在改田改土,大搞农田基本建设的时候,被列为标兵,因此取名为战旗大队,也就是今天的战旗村。全村面积2.06平方公里,人口1704人,村党总支下设4个支部,有党员83人。我们村在党中央的强农惠农的政策指引下,住上了好房子,家家户户都过上了安逸的生活,70%以上的农户都买了小车。大家非常感谢党中央,感谢总书记。

"我们村一直以来坚持抓党建,强基础。党总支抓集体经济的发展,带领村民走共同富裕的道路。2017年,我们村集体资产达到4600万,村集体年收入462万。村民充分地享受到了集体经济给大家带来的实惠,对我们党总支更加信任,对我们的工作也更加支持了,我们工作起来也更加有底气了。我们非常重视农村改革工作,

▲ 俯瞰战旗村（21世纪初）

▲ 总书记的话刻在战旗村的石头上，鼓舞着村里的群众

我们也尝到了改革的甜头。我们通过抓五项改革，盘活了我们沉睡的资源，成功敲响了全省农村集体经营性建设用地入市的第一槌。引进了第五季·香境项目。"

说到这里，高德敏用手指了指第五季·香境项目的方向。

总书记问道："是四川迈高旅游开发有限公司投资的吗？"

高德敏回答道："是。这个项目预计今年五月开业，这个项目建成后，对我们村的乡村旅游将起到积极的推动作用。中央提出乡村振兴二十字方针，我们村民非常振奋，对战旗村的未来充满信心。"

说到这里，高德敏指着下一个展板，向总书记汇报道："这是我们村学习党的十九大精神的情况。"展板上，是战旗村党员们集中收看十九大的照片。

"党的十九大召开的时候，我们组织了党员集中收看总书记的报告。总书记讲了三个半小时，我们在下面认认真真听了三个半小时。围绕乡村振兴战略，省市还召开了专门的会议，我们村上还开展了形式多样的宣传活动，还编了快板。"说着，高德敏双手模拟着金钱板，开始比画起来：

党的领导有力量，中国步入新时代。
习总书记是核心，全党全军都拥戴。
两个百年中国梦，宏伟蓝图绘出来。
新村新貌新风尚，幸福家园人人爱。
饮水思源感党恩，战旗未来更精彩。
……

总书记笑呵呵地看着眼前这个摇身一变又成了"曲艺票友"的村支书。高德敏的"快板"朗诵到这里，忽然感觉不好意思，连忙停住，说道："哎呀，我没有道具，表演得不好。"

总书记宽厚地笑了。相比这些，他最为关心的是战旗村的产业发展。在第三个展板前，高德敏汇报道："这是我们村按照乡村振兴战略，结合战旗村实际，着重抓的五件事。一是坚持质量兴农强产业，二是深化产权制度改革增动力，三是保护生态环境美新村，四是繁荣乡风文化树新风，五是创新治理机制促和谐。我们还牢记总书记'四川农业大省这个金字招牌不能丢'的重要指示，大力发展绿色、有机农业，提高农产品的质量，把天府水源地这个农产品的金字招牌越擦越亮。"

总书记关切地问道："你们有哪些产业？"

一说到战旗村的产业，高德敏的声音更加洪亮起来："我们有农业、农副产品加工、乡村旅游，去年全村产值达到三个亿，其中，农业一个多亿，农副产品加工业一个多亿，乡村旅游业达到三千万。五年前，我们乡村旅游为零。"

听到这里，总书记微笑着点了点头。高德敏继续汇报道："在新时代，我们要继续高扬战斗的旗帜，建设坚强的战斗堡垒，我们在党员中开展了'三亮、三问'活动。"他把手指向"三务公开栏"，那上面，清晰地展示着战旗村的党务、村务和财务的公开情况。

仔细看了"三务公开栏"后，总书记问道："你们还发老年补助啊？还有每月发三百的？"

高德敏回答道："是的，一百岁以上的发三百。村里原来有三位百岁老人，现在只有一位了。"

在乡亲们的簇拥下，总书记一边听着高德敏关于战旗村发展情况的汇报，一边缓缓向前走去。在战旗村综合服务大厅前，高德敏汇报道："这是我们建设的综合服务体，二楼是党群服务中心，下面有卫生服务站、便民服务站，还有金融服务站。我们村民的城乡居民基本医疗保险都是由村集体统一购买的，其他的，如大病统筹，是村民根据实际情况自行购买。这样就解决了村民生病基本医疗保险的报销问题。"

听到这里，总书记点头表示赞许。

▲ "精彩战旗"里的陈列的农产品

在精彩战旗馆的特色产业在线服务大厅里,展示着战旗村的各项特色产品。总书记从蔬菜里拿起一把韭黄,问道:"这是炒回锅肉的吗?"

高德敏回答道:"不是,这是炒韭黄肉丝的。"随即,高德敏将手指向另外一排翠绿的蔬菜:"上面的青韭菜炒回锅肉才好吃。"总书记点点头,将目光投向大厅中的萝卜,动情地说:"这里的萝卜和北方的萝卜不一样,北方萝卜是长的,这个萝卜是圆的,圆的萝卜可以生吃,非常甜。"高德敏万万没想到,总书记对农业是这样熟悉,随即向总书记汇报了战旗村的韭黄和萝卜等生态蔬菜的情况。当总书记听到这些生态有机蔬菜不仅供应国内各省市,还远销到了国外,经常供不应求时,十分高兴。

在豆瓣产品前,总书记问道:"你们还生产郫县豆瓣?"

高德敏自豪地回答道:"我们村有三家郫县豆瓣生产企业,还有火锅料等其他调料(生产企业)。"

三

在精彩战旗的人人耘点位上,年轻的"战旗村新村民"秦强向总书记致意:"总书记好。"

总书记亲切地回答道:"你好。"

秦强首先进行了自我介绍:"我是秦强,2015年从甲骨文公司返乡创业,创立了'互联网+'互动种养平台。平台一端连接家庭农场和农户,合作建立基地,我们提供有机生产标准及服务,另一端连接市民,市民通过我们的手机App即可以下单。我们的基地进行蔬菜及家畜种养,线上线下结合,实现全程可感、可控、可视、可追溯,平台上线六个月以来,累计发展用户两万多人。目前这种模式已从郫都区引入到了贫困山区。"

总书记问:"你是哪里人?"

"我是四川巴中人,在郫都区发展几年,搞农业创业。"秦强答道。

总书记又问道:"扶贫的模式是怎么样的?"

现场的显示屏随即实时播放了秦强团队在巴中市恩阳区基地牧场的黑猪喂养情况,总书记赞许地点了点头:"你们把这种虚拟的变成了现实,实现了线上线下的结合。"

离开人人耘点位,总书记来到了蜀绣点位,看着眼前赏心悦目的产品,总书记将手指了指,说道:"这个是蜀锦,这是蜀绣。"

蜀绣合作社的负责人蔡世民回答道:"是的。"看着正在紧张忙碌的合作社的绣娘张勤,总书记关切地问道:"你是本地人吗?"张勤回答道:"我是郫都区本地人。"总书记又问了她正在绣制的绣品,张勤熟练地向总书记演示了蜀绣的技法,答道:"这一件

▲ 蜀绣罗中立油画《父亲》

▲ 旗袍

绣品,我已经绣了一个月零几天了。"总书记赞许地点了点头:"好的,谢谢你。"

这时,蔡世民指向一幅作品,介绍道:"这是1995年在新疆和田出土的一件汉代蜀锦护臂复原件,它是首批禁止出国展出的国宝,它说明了在丝绸之路上不仅有商队,还有军人,各处关隘的将士守护着丝路的安全与畅通,也证明了四川的蜀绣蜀锦在秦汉时期就通过丝绸之路走向了世界。"

总书记点点头:"丝绸之路上主要的货品就是丝绸、锦绣。"

蜀绣点位陈列着战旗村蜀绣合作社的一些精品,在绣娘们绣制的画家罗中立的那幅著名的油画代表作《父亲》前,总书记仔细观赏起来:"这个技艺不错,绣制了多长时间?"

蔡世民回答道:"两个大师,绣了一年。"

在蜀绣应用产品前,总书记摸着一件旗袍上那栩栩如生的花卉,问道:"这真是绣的吗?"蔡世民回答道:"是绣的。"总书记赞许道:"这个挺漂亮的。"走到熊猫画区域,总书记指着一幅熊猫蜀绣问道:"还有熊猫?"蔡世民回答道:"是的,老外可喜欢啦。"

▲ 蜀绣大熊猫、小熊猫

总书记关心地问道:"这个要卖多少钱?"

蔡世民答道:"一万二三左右。"

总书记点点头:"价格还不错,应该有市场。"随即,总书记指着六叶屏问道:"这是双面绣?"

蔡世民答道:"是的,六叶屏风,双面鹭鸶。"

总书记说道:"不错,好。"在一条锦盒包装的披肩前,蔡世民介绍道:"这是我们最新研发的实用品——绣花披肩。"总书记拿在手里仔细端详,问道:"这要多少钱?"

蔡世民回答:"一千五六。"

总书记转头向时任四川省委书记王东明和时任成都市委书记范锐平说:"这类东西作为礼品就不错,送出国应该会得到大家的喜欢。"

▼屏风

◀绣花披肩

蔡世民汇报道:"是,我们的产品在米兰、巴黎等地都获得过很多奖项。"总书记叮嘱道:"以后还要在款式、花色上多研发、设计,让中国的传统非遗文化走向世界。"听了总书记的鼓励,蔡世民倍感兴奋。作为成都蓉锦蜀绣文化发展有限公司的董事长,他早就梦想让蜀锦与蜀绣走向更加宽阔的发展之路,总书记的这番话,让他心里更加有了底气。在蜀绣行业深耕多年,蔡世民对蜀锦,尤其是蜀绣的情况十分了解。蜀绣曾遍布四川民间。20世纪70年代末,在川西平原农村,尤其是郫县安靖一带,几乎是"家家女红,户户针工"。在悠长的布谷声里,郫县的乡村女子忙完了田里的活路,并不曾静享农闲,她们相互邀约,或三三两两坐在村头,或一个人安安静静待在家里,想着心事,手拿针线，刺绣被面、枕套、头巾、手巾、衬衣、桌布。在洁白的软缎面料上，乡村姐妹们巧手翻飞，她们运用晕、纱、滚、藏、切等技法，以针代笔，以线作墨，绣出来一根根一条条线条流畅、潇洒光亮、色调柔和的花纹，花纹渐渐扩大，一幅幅富含湿润润水墨质感的绣品便在阳光下闪耀得光洁透明、斑斓缤纷……

后来，蔡世民深有感慨地说："感受最深的就是总书记的平易近人。总书记对我们产品提出的建议和指示非常中肯，将更加坚定我们发展民族工艺品，让蜀绣走到全球消费者中的信心……"总书记为什么如此关心蜀绣的发展呢？"原因很简单，蜀绣与我们的日常生活密切相关，其产品繁多，有镜帘、花边、嫁衣、卷轴、鞋帽、裙子、枕套、被面、帐帘等，题材则多吉庆寓意，极富民间色彩。"蔡世民解释道。

"我相信蜀绣会受到全球消费者的欢迎，原因很简单，越是民族的，就越是世界的。"蔡世民目光坚定地说。

离开蜀绣展台后，一双双看上去朴实而又普通的传统布鞋吸引了总书记的目光。总书记缓步走上前，陪同考察的时任郫都区委书记杨东升介绍道："总书记，这是唐昌布鞋。"总书记拿起一双布鞋反复端详。这一刻，唐昌布鞋让总书记想起了自己在陕北梁家河时所

▼唐昌布鞋坊　　　　　　　　　　　　　　　▼唐昌布鞋

度过的知青岁月。他说:"这种布鞋不错,穿着很舒服。我在陕北的时候,老乡都喜欢穿这种布鞋。"

随即,他关切地询问唐昌布鞋的传承人赖淑芳:"现在这个鞋还是手纳的吗?"

1958年出生的赖淑芳即将迎来自己的六十岁生日。她万万没有想到,这个腊月,自己竟然能在家门口向总书记当面汇报关于唐昌布鞋的情况,而总书记也因此认识和了解了唐昌布鞋。一夜之间,唐昌布鞋这项成都市的非物质文化遗产便在神州大地家喻户晓,这让她在四年以后依然激动不已。

2022年3月的一天,忙碌了一上午的赖淑芳终于有时间坐了下来,和煦的春阳照在她身上,益发显得她精神焕发。一谈到总书记,赖淑芳的眼睛里顿时流露出无限深情:"2018年1月底的一天,我正在彭州走亲戚,突然接到镇里面的通知,叫我回来,具体是什么事情,镇里也没说,只是说事情紧急,喊我利索点。"那天下午,已有多年党龄的赖淑芳没有丝毫犹豫,马上就转身赶回了唐昌镇。当天晚上,她就带领布鞋坊里的工人们开始进行展台的摆放布置。

◀ 唐昌布鞋传统制作技艺代表性传承人赖淑芳

此刻，面对总书记充满关切的询问，赖淑芳以一个长达三十多年工龄的唐昌布鞋人自豪地回答道："从（20世纪）60年代开始就使用机器了，但是我们的技艺还是用传统手工技艺，只是用机器代替了人工的劳动强度。"对于赖淑芳来说，唐昌布鞋是她一生的事业所系、情感所系。她从小便在父亲的指导下学习唐昌布鞋的制作，22岁那年正式进入鞋厂，由此开始了与唐昌布鞋的一生之缘，没有人比她更了解唐昌布鞋：作为中国南派手工布鞋的代表，唐昌布鞋的毛边槽眼布鞋鞋底洋溢着浓浓的川西民俗特色。一双唐昌布鞋从工人的手上成形状，需要经历打布壳、裁剪、制帮、烘烤定型等32道大工艺和100道小工艺，每一道工序，都要求工人心无旁骛，静心制作，这样一针一线制作出来的唐昌布鞋才有着耐磨、吸汗、环保等优点。

听了赖淑芳的回答，总书记微笑着点头："很好很好。"

望着总书记亲切的面容，赖淑芳忽然心念一动，说道："总书记，我们想送您一双鞋。这个鞋穿着舒服。"

总书记笑了起来："送我，我就不好穿了，买一双可以。"

赖淑芳急了："这是代表我们的心意。"

总书记连连摆手："不，不，送就不用了，我买一双！"

说着，总书记推辞了赖淑芳送上的鞋子，让工作人员代付了钱，买了一双唐昌布鞋。买了鞋，总书记又亲切地和赖淑芳拉起了家常。赖淑芳说："我们的唐昌布鞋比一般布鞋更耐穿，总书记您走基层时可以穿上。"总书记微笑着说："我到基层倒不穿这个，我穿球鞋。"

接着，总书记来到了萝卜干合作社的点位前。合作社负责人任健见到总书记，顿时心潮澎湃，向总书记汇报道：总书记新年好！我是萝卜干专业合作社代表任健。1958年3月16日，毛主席视察了郫县红光农业高级合作社。在新时代，我们成立了萝卜干专业合作社。

▲萝卜干

总书记又关切地问道:"萝卜干合作社的产值如何?"

任健说:"萝卜干专业合作社改变了农产品在田头卖、路边卖、论斤卖的传统,萝卜干卖出了肉价钱,创建了品牌,与京东合作得很好。"

一听这话,总书记顿时露出了欣慰的笑容,他说道:"还好还好,小小萝卜干卖出了肉价钱,农产品加工一定要走农旅融合发展道路。"

在汇菇源点位,负责人李宗堂汇报道:"总书记好,我从事食用菌种植30多年,以前都是传统栽培方式,靠天吃饭,受天气变化影响,产品质量不稳定,市场供应也不稳定,导致收益不稳定,难以做大做强。现在,我们与大专院校合作,用新技术改变生产模式,实现规范化、标准化、工厂化、智能化生产,大大提升了产品品质。同时,质量也实现安全的追溯管理。"

总书记表扬道:"这个非常好。"说着,总书记指着金针菇说道:"这个金针菇很粗,涮火锅很好。"

李宗堂答道:"这是有我们川西平原特色的黄色金针菇品种,我们根据市场的不同需要,与四川省农科院合作,采用技术融合的方式来培育优质菌种,大大提高了脆嫩口感,烫火锅非常好。"

总书记非常高兴:"很好很好。"说着,总书记指着杏鲍菇问道:"这是什么菇?"

李宗堂答道:"这是杏鲍菇。"

总书记微笑着说道:"有杏仁的味道。"

李宗堂说:"还有鲍鱼的口感。"

总书记笑了起来,赞许道:"很好。"

说话间,总书记来到了京东云创点位。点位负责人张小娟快步迎了上来,满怀激动地说道:"总书记新年好!"总书记伸出手,也向张小娟致以新年问候。

在京东云创入驻战旗村以后,战旗村的农产品销售就从原来的6个月缩短到了1个月。张小娟向总书记汇报道:"目前农产品销售遇到的最大的问题就是市场需求的反馈时间需要6个月以上,但是我们依托京东大数据消费者用户画像可以缩短到1个月。

"我们用大数据(消费者用户)画像指导企业农户改进生产,郫县豆瓣一直都是以豆瓣酱销售,现在他们的创新产品豆瓣香菇菜,我们就用豆瓣调味品用户画像指导他们的包装、规格(展示豆瓣、调味品大数据报告和产品),然后通过众筹预测市场,一个月的时间我们就销售了2万袋,卖了23万(元)。"

这时,电脑上显示出了众筹结果。

张小娟接着说道:"众筹,我们就做到了精准供给。比如,目前我们正在合作唐昌镇的萝卜干,这个萝卜干以前只是线下卖,通过画像,我们发现购买萝卜干的人都是年轻上班族,所以我们改进了规格、包装,并且定位'吃点先锋小菜,聊点人生大事'。"

总书记点点头,看着萝卜干,说道:"不错。"

张小娟汇报道:"这款萝卜干我们也上线了,4天就卖了3030

元，并且价格比原来还高。"

总书记问："原来萝卜干多少钱？"

张小娟回答道："9元9，现在众筹13元，后期上线16元，而且这个萝卜干我们用了京东物流提升服务质量。"

总书记用赞许的口吻说道："这个可以指导企业改进生产，很好，'互联网＋'运用得很好。"

走出了精彩战旗馆，经过战旗村的超市，就来到了全家福点位。点位上，乡亲们正聚在一起，一派热闹气氛。

高德敏介绍道："过年了，村上在搞一些活动，这里是照全家福的地方。村上还有人员专门提供服务，主要是让大家有一个新年的纪念。"说着，高德敏向总书记介绍了站在人群中的冯家祥大爷："这是我们村上的抗美援朝老兵、老党员冯大爷。"

冯家祥大爷主动迎上来。总书记上前和冯大爷握手问候。

总书记首先问候道："新年好。"然后关切地询问冯大爷一家的生活状况，冯大爷高兴地说："现在生活很好，我快八十了，挺好的。"听了冯大爷的回答，总书记连声道："很好，很好。"随即，总书记动情地说道："我们要守住共产党的家业，共产党的家业就是让老百姓过上幸福美满的生活。"

听了总书记这番深情的话，全场的乡亲们都激动起来。这时候，总书记来到了正在村里给乡亲们写春联的崇宁小学教师欧可红面前，和欧老师亲切地握了握手。欧可红向总书记送上一个洋溢着喜气的"福"字，并向总书记解释道："这个福字，有人、有屋、有田，就是福。"

总书记说道："对！有人、有屋、有田，就是福。"

欧可红激动地说："总书记，给您送个福吧。祝福我们的祖国在您的领导下，国泰民安。"

总书记连连点头："好，好。"

在写春联的旁边，战旗村的一群乡亲正聚在一起，用包汤圆的方式迎接即将到来的春节。正在和乡亲们一起包汤圆的战旗村支部委员易奉阳快步迎了上来："总书记您好！欢迎您来到我们战旗村，我是支部委员易奉阳。"

总书记和易奉阳亲切地握手，说道："你好呀！"

▲ 抗美援朝老兵冯大爷

易奉阳向总书记汇报道:"总书记,这是我们战旗村每年都要搞的一个活动,由我们村干部和老百姓一起,为家家户户准备过年的汤圆。"

总书记问:"什么馅的?"

高德敏在一旁答道:"红糖馅的!"

总书记非常高兴:"好!"这时候,现场的乡亲们开始排队签字。总书记问道:"你们在领汤圆啊!还要签字啊?"

高德敏回答:"对!都要签字!不然,记不清谁领谁没领。"

这一番话,说得在场的乡亲们都欢笑起来。

望着眼前一张张幸福的笑脸,总书记感慨道:"吃汤圆好啊,甜蜜蜜的,你们这生活啊,过得像吃汤圆一样,安逸!"

高德敏应道:"安逸!安逸!"

随即,总书记走到了孝善坊,仔细观看着上面的图片,指着2017年包汤圆的一幅图片,问道:"这个是你们以前搞活动,包汤圆啊!"

高德敏回答道:"总书记,下面的图是我们2017年正月初一拔河吃汤圆的情况,上面的是2012年我们搞的AA制坝坝宴。"

总书记好奇地问道:"AA制?"

高德敏答道:"是,AA制是村民自发组织的团年,参加的人员每个人交50元,吃两顿,中午和晚上!有一年邀请我们村干部参加,考虑到村干部只有几个人就让我们不交钱,我说不行!组织有规定,我们不能占群众的便宜。"

说到这里,在场的众人都欢笑起来。

总书记和大家拉起了家常:"我们北方平时吃饺子,元宵吃汤圆啊。"

易奉阳说:"总书记,我们这里是初一的早上吃汤圆,中午吃面条。"

总书记问道:"什么面啊?"

易奉阳回答:"就是用芹菜炒肉的臊子面。"

总书记很高兴:"哦,臊子面啊!"说到这里,总书记指着包汤圆的面:"这面,南方的要糯一些啊。"

易奉阳回答道:"是!是!"

总书记饶有兴趣地说道:"你们做一下吧,我看看。"

操作人员随即熟练地包起汤圆来,随着他们娴熟的手法,一个个洁白滚圆的汤圆出现了桌上,总书记连连点头,随即又抬起头来,观看着街道两边一栋栋川西民居风格的村民住宅,问道:"你们小区什么时候建的?都在一起吗?"

高德敏回答道:"这个小区是我们在2007年抓住国土资源部土地增减挂钩政策建成的,以前我们分散在60多个院落居住,很多基础设施都没有。这里和城里差不多,很多的基础设施都配套了。我们的生活也和城里人差不多了。"总书记欣慰地笑了……

▼喜气洋洋吃汤圆

四

街灯一盏接一盏地亮了，橘黄色的灯光映得被春雨淋湿的街面闪闪发亮。雨依旧下着，但比起白天的烟雨蒙蒙，此刻已明显小了许多。渐渐地，雨声消失了，只有街树繁密的树叶上不时响起"滴答、滴答"的声音。

被雨水润过的街树显得益发青翠。

纪师傅收了伞，和高德敏书记一起站在2018年仲春的这个黄昏里。此刻，两个多月前总书记来到战旗村的情景在他们的脑海中像放电影一般又一幕幕地重现出来。两个人沉默着，边听着滴滴答答的雨声，边沉浸在深深的心事里。

在这静谧的春天的黄昏里，随着街灯一起亮起来的，还有街边一栋栋民居里的灯光。灯光后面，渐渐飘逸出了饭菜的香气——有谁家在切菜，切菜的人估计是个男人，手中有劲，菜板发出了当当当的声音；还有一家在熬回锅肉，只听噗的一声，豆瓣、蒜苗混合着五花肉的香气直往人的鼻孔里钻……

突然，高德敏转过脸，笑吟吟地向纪师傅说道："老纪呀，我觉得你这个烦恼应该有个名字。"

"啥？"纪师傅一时没反应过来，诧异地问道。

高德敏笑了起来："你这个呀，就叫作甜蜜的烦恼。"这句话顿时让纪师傅笑了起来——他伸手挠了挠后脑勺，是啊，买观光车这事的确是个烦恼，可仔细一品，这个烦恼不是挺甜蜜的吗？

纪师傅眼前一亮，感觉肩上一松，似乎卸下了千斤担子，心里顿时敞亮了不少：看来，买观光车这个事做得嘛。

高德敏伸出手，在他肩上轻轻一拍："老纪，你还记得总书记站在这里对我们说的那番话吗？"

纪师傅连连点头，他怎么会不记得？

那一天，十字路口聚集了众多的乡亲。总书记站在乡亲们中间，用朴实而深情的语

▲ 战旗·村规民约十条

▲ 成功来自艰辛，富裕全凭奋斗

言，向乡亲们致以了亲切的问候。"我对你们这个发展业绩也感到很赞叹。你这个集体经济发展得很强！而且你们这里是人人参与，都有入股，大家有获得感，人们的收入也都是芝麻开花节节高。最近中央又下了一个文件，叫振兴乡村计划，在实现了温饱，实现了基本小康以后，我们还要继续振兴乡村。发展到任何时候，我们都还要有一个农村。农业还是我们重中之重，当然要搞好这些工作，以党支部为核心的农村基层组织建设非常重要，任何地方搞得好，都是火车跑得快、全靠车头带，我们是中国共产党执政，中国共产党不忘初心、牢记宗旨，就是为人民服务！我们做的事就是让老百姓过上好日子，这才是我们能够执政的资格。"

人群里顿时爆发出雷鸣般的掌声。

总书记继续说道："在这里，我借这个场合，通过你们，我向全国的各族人民，全国的父老乡亲们，致以春节的问候。"

听到总书记深情的祝福，大家情不自禁地鼓起掌来。

总书记又深情地说道："祝全国各族人民，新春快乐，阖家幸福！"

听了总书记对全国各族人民的深情祝福，大家又情不自禁地鼓掌欢呼起来。

当天晚上，在战旗村，每个村民都在反复谈论、品味着总书记的讲话，许多人家的灯光一直亮到深夜。

也就是在那晚，纪师傅心里便萌生出了购买旅游观光车的念头。这个朴实的庄稼人从总书记的讲话中发自内心地感到，包括战旗村在内，中国乡村振兴的春天已经来了。他仿佛看到，从四面八方来的游客们扶老携幼，正在战旗村的绿野田畴间、整洁的街巷中、富含川西平原特色的景区里兴致勃勃地走着、笑着、谈论着……

他正沉浸在回忆当中，高德敏又伸手在他肩头重重一拍："老纪，车子买起后，记住一点，务必保证游客安全！千万千万！"

纪师傅点点头。这么多年来，他已经经历了好几任书记领导，对他们的话，他总是打心底里认同的。

第一章 风吹楠木林

战旗村的这一片楠木大多数为香楠,一共有二十来棵,棵棵腰身挺拔、树干笔直。人从林中穿过,总能感受到清风徐来,枝叶间弥散着一缕淡淡的清香。细细算起来,这片楠木林的成长,恰好与新中国的改革开放同步。或许也可以这样形容,这一片楠木是幸运的,它们的根须刚一伸入土壤,便沐浴着时代的春风,与战旗村一起,向着蔚蓝的天空尽情生长。

一

在战旗村，有一片栽种于四十多年前，如今已蔚然成景的楠木林。《博物要览》里说："楠木有三种，一曰香楠，又叫紫楠；二曰金丝楠；三曰水楠。南方者多香楠，木微紫而清香，纹美。金丝者出川涧中，木纹有金丝。楠木之至美者，向阳处或结成人物山水之纹。水河山色清而木质甚松，如水杨之类，惟可做桌凳之类。"这三种楠木当中，以金丝楠最为珍贵，传说其水不能浸，蚁不能穴，南方人多用作棺木或牌匾。宫殿及重要建筑之栋梁必用楠木。

▼ 风吹楠木林，飘着淡淡清香

战旗村的这一片楠木大多数为香楠，一共有二十来棵，棵棵腰身挺拔，树干笔直。人从林中穿过，总能感受到清风徐来，枝叶间弥散着一缕淡淡的清香。细细算起来，这片楠木林的成长，恰好与新中国的改革开放同步。或许也可以这样形容，这一片楠木是幸运的，它们的根须刚一伸入土壤，便沐浴着时代的春风，与战旗村一起，向着蔚蓝的天空尽情生长。

而战旗村，起初也像这楠木林中的一棵幼苗一样，认准了前方的目标，把自己的根须深深地扎入这片土地，栉风沐雨，经霜傲雪，终于长成为一棵枝繁叶茂、巍然屹立的大树。

楠木林的外面，是一条宽敞明亮的公路。对于这条路，很多成都人一说起都比较熟悉，它叫沙西线，是沙湾路西延线的简称。沙湾路位于成都主城区西二环内，是金牛区最为繁华的中心商业区之一。如果要梳理战旗村五十多年来从无到有、由小到大的发展历程，你就会发现，沙西线对战旗村具有特别重要的意义。从某种程度上来说，这个意义用"分水岭"这个词来形容也不为过。的确，自从2010年沙西线通车以后，战旗村发生了一系列前所未有的、令人惊喜的变化，也因此发生了像吉林榆树刘彦老太太二十一万元现金失而复得等许多令人百感交集的故事。这是后话，暂且按下不表。

事实上，在沙西线通车以前，战旗村通往外界的道路，只有一条窄窄的乡道。那时候，要从战旗村到唐昌镇子上、郫县县城，只能通过这条乡道。而要从成都到战旗村，一共有两条路，这两条路最终都连接到这条乡道上来。一是经郫筒镇，这条路路程较远；另一条则需要从成灌公路出来，绕一大圈才能到达。乡道两旁，是连绵不尽的绿色田畴，春季菜花飘香，五月麦浪金黄，到了仲夏，翠色逼人的秧苗里蛙声四起。路边，是一条笔直的水渠。一年四季，都有明亮的渠水哗哗流淌。

两排高大的、以法国梧桐为主的行道树高高矗立在道路两侧，夏天绿荫如盖，枝叶婆娑，风一起，便洒下点点阳光。到了秋冬季节，乡道上满地落叶。那些年，战旗村的很多人家很早起来，将落叶扫拢背回家，送到灶膛里点燃，院子里就弥漫了缕缕清香。

在很长一段时间内，这条乡道始终没有硬化，一直尘土飞扬。

乡道的起点，是离战旗村约三公里的唐昌镇。它的终点，则是战旗村的邻村横山村那蜿蜒起伏的丘陵深处一座名叫宝光寺的寺庙。

因此，当地人把这条乡道称为唐宝路。

2006年1月1日，一个名叫杨明学的宜宾女子第一次踏上了这条

▲ 修建中的唐宝路

▲ 绿荫如盖的唐宝路

窄窄的乡道。当她第一眼看见车窗外缓缓后退的一望无垠的青青麦田时，内心忽然感觉这片土地似乎曾在梦境里见过一样。那时候，这位25岁的年轻女子万万没有想到，自己的命运将会和这片土地紧紧地联系在一起。在此后十多年的岁月里，宜宾妹子杨明学在战旗村有过爱情的甜蜜，经历了生活的苦恼，却也从酸甜苦辣里激发出了对事业的执着追求……

"战旗村是不相信眼泪的。" 16年后，在战旗村村委会的会议室里，面对着我询问的眼神，已经担任了战旗村纪委委员、景区办副主任的杨明学抬起头来，将握在右手中的手机交到左手，挺直腰杆，用右手拢了拢耳边干练的短发，眼睛里闪出明亮的光芒："面对困境，眼泪是没用的。这片土地呀，只认可一点，那就是你为她洒下了多少汗水！"

这条唐宝路，同样也是让现任战旗村党委书记高德敏内心曾经又爱又恨、百感交集的一条路。

而沙西线所带来的情愫是不一样的。这条大道从繁华喧闹的成都市沙湾路与二环路交会的路口出发，一路穿街过巷，霓虹闪烁，沿途经过西南交通大学、成都欢乐谷、四川师范大学影视与传媒学院、郎家花鸟市场等，全长约60公里。出了成都市区之后，这条通衢大道就铺展在了绿色的田野之间，抬头望去，黛青色的山峦在道路尽头连绵起伏。那里，是水墨画色彩一般的都江堰景区的离堆公园。

2022年3月，成都的天空格外蔚蓝。从空中俯瞰下去，沙西线宛如一条镶嵌在花海之间的玉带，越过丛林，越过山丘，时而隐没，时而突现，道路中间，一道白色的标记线醒目地铺展着，蜿蜒着奔向天边。

道路旁边，矗立着一堵灰瓦白墙、飞檐翘角的川西民居式样的照壁，战旗村三个字在照壁上醒目可见。川西平原一年中最美的季节已经拉开帷幕。菜花黄，樱桃红，白云飘。沙西线右边那道名叫横山子的山坡上，风吹得一棵棵桉树、青冈、白杨枝叶轻晃。从曲曲折折的山脚到连绵蜿蜒的山脊，和煦的风犁出道道绿色的波涛。天地间生机盎然。

2018年2月12日，总书记一行正是从沙西线都江堰方向进入战旗村的。这条公路对战旗村而言，可以说具有非凡的意义，因为它不仅见证了总书记神采奕奕走进川西平原上这个小小村落的重要时刻，更是战旗村通往郫都城区、彭州、成都，乃至更远地方的交通要道。

其实刚开始的时候，战旗村并没有进入总书记视察点位的名单里。在第一批推荐名单里，有崇州市的竹艺村、蒲江县的明月村、青白江区的十八湾村等近年来涌现的众多乡村振兴典范村，经过一番考察，总书记选择了战旗村。高德敏说："这是我们后来才了解到的。"说到这里，他指着身旁的沙西线说道："可别小看了这条公路。在我看来，'要想富先修路'这句话不仅仅是像战旗村这样地处偏远的小村在物质上穷则思变的实践，其实它还有更大的象征意义，那就是，任何时候，我们的心里都要有一条路。"

这是2022年3月，站在楠木林边，高德敏指着这条蜿蜒在林盘、田畴间的公路，一字一顿地对我说："你是写文章的，鲁迅先生不是说过吗，这世上本没有路，走的人多了，也就成了路。其实，很多时候，只要心里有了路，人也就有了盼头，一有盼头，人人身上都有的那根懒筋也就被自己抽掉啦。"

"懒筋？"我微微一怔，随即明白过来，用这个乡村俗语来形容农村中那些好吃懒做的人可真是形象无比。我想起作家梁实秋的一篇散文《懒》，那篇文章的开头第一句就是一记棒喝："人没有不懒的。"的确，就像一枚硬币的两面一样，好逸恶劳与勤劳朴素这两种截然相反的品质，其实常常并存在很多人身上。在很多时候，我们可以看到这样的例子，那就是在越穷困的地方有些人反而越懒惰，而生活在富裕的物质环境里，人们反而步履轻快，

▲现代农业

▲随着农旅融合,战旗村到处都能见到观光车

容光焕发。

我不禁暗暗佩服起眼前这个其貌不扬、举手投足间有时候还显得有些"土气"的战旗村的"当家人"的智慧来。他的这番话，既洋又土，可是细品起来，却是越嚼越有味。

"其实，我原来身上也有那么一根'懒筋'的。"这时，一阵风从远处的田野上刮过来，吹得整片楠木林里枝叶纷摇，仔细一嗅，那淡淡的木香里还混合着甘甜的菜花香、清逸的胡豆花香。看着我好奇的眼神，高德敏一摆手："以后慢慢摆给你听。"

这时候，一辆满载游客的观光车从横山脚下缓缓驶进村里。车刚停稳，游客们就迫不及待地跳下车，纷纷拿出手机，对准眼前青瓦白墙的风景拍个不停。驾车的师傅肤色黝黑，大声喊道："大家莫慌，仔细检查一下，别忘了贵重东西。"我突然来了兴致，问道："这辆观光车一年能挣多少钱？"

高德敏笑了："这是纪师傅的车。春秋两季下来，他一年能挣三到五万。"他将右手抬起来，指向横山方向，画了一个圈，最后落到战旗村的广场上，"总书记来了之后，这一片区域，都划入了唐昌现代农业产业园，游客们可以从战旗村出发，看菜花、观民俗，然后坐观光车到横山上俯瞰田园风光，再到横山花湖那边逛一逛，到处都是很美的风景。"随即，他感慨地说："现在村里有十多户人家买了观光车，挣钱挣得不亦乐乎。但我们村'两委'的观点一直很明确，那就是钱要挣在明处，不能搞虚的，必须一要做到服务态度好，二要保证游客安全。"

◀ 战旗禧宴

我点点头。这话，说在了点子上。

二

坐落在楠木林内侧的，是战旗村村集体所办的餐饮企业——战旗禧宴。其实，它更像战旗村的村办食堂。在这个食堂里，除了战旗村自己所生产的各类时令的有机蔬菜，以及回锅肉、麻婆豆腐等传统川菜外，游客们还能品尝到川西平原农村传统的九大碗。这九大碗虽然在川西平原农村办红白喜事时常见，但按照各地的经济水平，菜肴却有区别，而战旗村的九大碗一听菜名，就让人胃口大开：攒丝杂烩、明笋烩肉、炖坨坨肉、椒麻鸡块、肉焖豌豆、米粉蒸肉、五花咸烧白、甜烧白、清蒸肘子。除了这九道菜，在战旗村这个富含川西民居特色的食堂里，还因了几道特殊的"菜肴"，让上了年纪的战旗村人始终牢记着出发的方向：人首先要温饱，然后才能发展。

严格来说，这几道"菜肴"，其实不是菜，在以大米饭为主食的川西平原，还连主食都算不上。它们是战旗村出产的豆瓣、豆腐乳等，其中之一，是藏族人饭桌上常见的青稞馍馍。

这几年，许多到战旗村参观、考察、游玩的人在这里就餐时，最喜欢点的，就是这普通的青稞馍馍。满桌的佳肴吃到最后，人们嘴里都已经被各色菜肴的油荤填满了，巴望着来一碗川西平原办九大碗时的专解油腻的海带丝酸菜汤。这时候，一个个色泽微黄、形如窝头的青稞馍馍恰到好处地端上桌来，已经吃饱喝足的人们眼睛都亮了——将青稞馍馍掰开，一股散发着山野清香的味道顿时扑鼻而来，将馍馍嚼在嘴里，再夹上一筷子从战旗村食堂的泡菜坛子里捞出来的"洗澡泡菜"。这泡菜原本是战旗村村民佐餐的常见品，泡的菜种类很多，有萝卜、子姜、莲白、豇豆、红海椒等，一般而言，放了香料、花椒的泡菜要泡两三天才能食用，但战旗村食堂的厨师们心灵手巧，他们做的泡菜，时间短到就像把菜放进泡菜水里

▲ 唐昌豆腐乳

▲ "洗澡"泡菜

浸了一下一样（四川话叫"洗澡"），但时间短，味道却比一般的农家泡菜更加的鲜香脆嫩。

一口青稞馍馍，一口洗澡泡菜，这奇妙的搭配让鲜香嫩脆的口感顿时化解了满嘴的油腻，大家都不再说话，纷纷大快朵颐。经常是，当夕阳西下，来自天南海北的游客们准备离开战旗村的时候，很多人手里除了其他特色产品，还拎着一袋从食堂打包的青稞馍馍。

"现在而今眼目下，不管是天上飞的，海里游的，你说我们啥子没吃过？可是啊，越吃得好、吃得营养，反而越喜欢像青稞馍馍之类的东西。你说怪不怪？"

"是呀，像啥子马齿苋啊、猪鼻拱啊，拿来凉拌起，下饭得很。我觉得比啥子鲍鱼、海参好吃多了。"

…………

在战旗村的街巷里，穿红戴绿的游客们一边缓步走着，一边扯着类似的闲谈。正谈得闹热，谁的手机响了，别有韵味的女声成都话飘到耳边："喂，小李啊，我们在战旗村。战旗村你晓得噻，就是总书记来过的地方啊。我跟你说，这儿不光风景巴适，好吃好玩的东西还多得很。对对对，好久把朋友三四些都约来一起耍哈……"

然而，很少有人知道，这可口的青稞馍馍，却是高德敏和战旗村很多老一辈人内心无法忘记的一种"隐痛"。

"我这个人其实还是挺喜欢美食的。有一年到康定，我还专门买了几斤松茸回来。可是啊，对这个很多游客都喜欢的青稞馍馍，我硬是不感兴趣。按说吧，这东西既可口，又降血脂，我本身血压也高，多吃这个东西，对我的健康其实挺有好处的，可我就是不愿吃。为啥呢？"高德敏幽幽地说。

"为啥呢？"说到这里，高德敏也笑了起来，自问自答道，"其实原因很简单，因为三十年前我就吃伤了这个东西。"

说这话的时候，高德敏就站在食堂旁边微风吹拂的楠木林里。他一脸平静，可是眼睛里却分明掩饰不住深深的苦涩。我望着他，心中忽然一动，这五十多年来，战旗村所走过的路，这路上所发生的千头万绪的酸甜苦辣的故事，或许，就可以从这毫不起眼的青稞馍馍开始讲起？

的确是这样。

五十多年前，准确地说，是在20世纪六七十年代，战旗村的田埂上种满了青稞。

川西北高原上的农作物，怎么会来到战旗村这样的平原上来呢？

这里面的缘由，说起来却毫不奇怪。

现在的战旗村，完全可以用雪山下的公园村庄来形容。它产业兴旺、花红柳绿、别墅林立。漫步村里，户户欢歌笑语，人人意气风发。尤其是一到春夏季节的晚上，当"光彩工程"把战旗村点缀得流光溢彩时，村里的人们都喜欢聚集到宽敞的广场上，在悦耳的音乐声中，人们或舞姿轻盈，或三两闲谈。远远望去，广场上"牢记嘱托、感恩奋进"八个红色的大字格外明亮……

可是时光倒溯到三十多年前，那时候的战旗村如果要从地理上来描绘，只能用一个词来形容，那就是偏僻；如果再把这个词与战旗村群众的日常生活联系到一起，那就只有一个成语：穷乡僻壤。

一个穷字，就是战旗村曾经的真实写照。

但这穷，却颇有其特殊之处。

说起来，战旗村乃是三县交界之地。它位于郫都区唐昌镇西北，是郫都区、都江堰市和彭州市三个区（市）交界处，属成都平原的西北边缘。再细化一点说，战旗村处于东经103°49′，北纬30°55′。整个村子呈现西北长东南窄的形状，总面积2.06平方公里。战旗村所在的位置，在1949年以前，属于崇宁县下辖的集凤村、桂花村和梓潼村一带。

说起崇宁县，千百年来，在成都平原一直流传着"上五县"的典故。所谓"上五县"，是指位于都江堰灌区上游区域的五个县。在传统的农耕时代，它们是成都平原最为富庶的地区，老一辈人形象地简称它们为：温、郫、崇、新、灌。温，即温江，其境内一马平川，河流纵横，物产丰饶，所以又被称为"金温江"。明代诗人曹学佺曾有一首《温江道中》，把温江的富饶描绘得形象而又生动：

温江离省近，民俗向称饶。
处处是流水，时时当度桥。
沤麻成白雪，酿酒比红蕉。
底事归心发，惊闻估客桡。

郫，即郫县，境内河流密布，滋润着一望无垠的百里平原，被老一辈人羡慕地叫作"银郫县"，排位仅次于"金温江"。平原最宜农耕。1928年，毕业于牛津大学、参加过同盟会和反清运动的湖北人曹亚伯在其出版的《游川日记》中描写了郫县的农耕景象："郫县一带，田土肥沃，土作黑色，上沙而下黏，极易发育。农夫甚勤，一人一牛，年可耕十五亩。犁地极细；种谷之田，犁三次，钯三次，始放水灌田，插秧后糊田二次，拔草二次，镐田二次；种麦之田，犁二次，钯二次，始锄为窝，以麦植之，及长，复匀其苗，大小相距皆若。苗内无一草存在，复以小锄镐一次。以是发育极皇大，而结实累累如贯球，谷一穗多至三百粒至五百粒。其去他省人之疏懒闲散，播种后皆置若不闻不问者，诚不可以道里计也。"川西平原农人在土地上埋头精耕细作的景象在这段话里栩栩如生地呈现了出来。

像郫县农人一样精耕细作的，即是"上五县"里排名第三位的崇宁县。崇宁县历史悠久，它的前身，是唐高宗仪凤二年（677）朝廷下令建置的唐昌县,到了北宋徽宗崇宁元年(1102),唐昌县以宋徽宗的年号"崇宁"而改名为崇宁县。这个县名一直保留到1958年9月。那一年,具有近千年历史的崇宁县撤销建置,主体并入郫县,其他部分则并入了彭县(今彭州市)、灌县(今都江堰市)。

由此可见,在长达一千二百多年的历史里,其实是没有战旗村这个如今名闻遐迩的乡村振兴示范村的。从这个意义上来说,今天我们所见到的战旗村,其实不仅仅是一个村级行政区域,它更是一种精神,是新中国成立以后,处于成都平原最底层的一群农民在党的领导和组织下,为了砍掉捆绑在自己身上的那山藤一般缠绕的"穷根"而爆发出来的一种力量和智慧!

这种力量和智慧,也可以用唐昌镇通往战旗村的路口所树立的一面巨大的宣传牌上的十二个字——红色战旗、金色战旗、绿色战旗——来概括和展示。

仔细观察和解读战旗村几十年来的发展历程,或许,你会发现一把破解中国"三农"(农业、农村和农民)问题、城乡融合发展,以及从脱贫攻坚到乡村振兴的钥匙,而这把钥匙,可以打开许许多多的中国村庄的大门。

从1949年10月1日起,对新生的中华人民共和国而言,土地与人的关系不仅仅是解决数亿人的吃饭问题,它背负着一个古老文明沉重的痛楚与呻吟,更肩负着一个伟大民族迈上复兴之路的世纪重任。

一切,要从1840年说起。那一年,从马克思、恩格斯所论述的"亚细亚生产方式"中孕育、生长继而成熟的古老的中华文明遭遇了西方坚船利炮打上门来的"三千年未有之变局"。20世纪80年代一首著名歌曲触动亿万人的心,百年来,这个民族所遭遇的屈辱依然痛苦地镌刻在我们每一个中华儿女的心中:

百年前宁静的一个夜

巨变前夕的深夜里

枪炮声敲碎了宁静的夜

四面楚歌是姑息的剑

多少年炮声仍隆隆

多少年又是多少年

巨龙巨龙你擦亮眼

永永远远地擦亮眼

……

对新中国来说，人民政权的建立，废除了数千年来封建君主专制王朝兴衰系之的土地所有制，只是万里长征迈出了第一步。在地球东方最广袤的这片国土上，人与土地的崭新篇章才刚刚开始：中国要从农业社会迈进工业社会绝不只是在土地上修几座工厂，建几条铁路……而是古老文明的凤凰涅槃。这就预示了一种悲欣交集的命运——在土地公有制的基础上，因了民族复兴这一使命的召唤，它必然要摸索前人从未走过的道路，这就必然要经过曲折的历程，甚至不得不付出一些令人遗憾的代价——然而，百转千回，始终初衷不改——因为，从土地的怀抱中诞生的中国共产党，其使命就是——必然要带领着她的土地与人民，走向中华文明的崭新天地。

浴火重生是痛楚的，但舍此，别无他路。

这也是战旗村学术意义和实践价值的所在——一方面，它自觉或不自觉地遥接了自1840年以来，众多关心中国乡村、试图为在西方工业文明的冲击下日益破败、荒凉、空心的中国乡村重新找到一条适合中国国情的发展之路的实践者们的种种举措，比如晏阳初1926年在河北定县（今定州市）开始乡村平民教育实验，试图以"读书"入手，治理因愚而生的旧中国农村的贫穷与落后；比如

1931 年，梁漱溟在山东邹平开始的山东乡村建设研究……那时候的中国乡村是怎样一种景象呢？让我们翻开一些中国文学史上的经典作品，感受那种深入骨子里的疼痛与失望：

我冒着严寒，回到相隔二千余里，别了二十余年的故乡去。
时候既然是深冬；渐近故乡时，天气又阴晦了，冷风吹进船舱中，呜呜的响，从篷隙向外一望，苍黄的天底下，远近横着几个萧索的荒村，没有一丝活气，我的心禁不住悲凉起来了。

这是鲁迅先生《故乡》开篇的第一、二段。作为一名多年在外的游子，鲁迅先生对生养自己的故乡无疑是有着深厚的感情的，可是当看到故乡那破败荒凉的景色时，不禁从心底发出了苍凉的悲恸：

"阿！这不是我二十年来时时记得的故乡？"

是的，从第一次鸦片战争的炮声响起，广袤的中国农村就一步步掉入了破败的境地，无论是叶圣陶笔下《多收了三五斗》的曾有着杏花春雨意境的江南乡村，还是萧红笔下白山黑水之间肥得流油的东北黑土地，又或者是像成都平原这样的"天府之国"，农人们的神情多是呆滞而麻木的，这正是痛苦的生活带给他们的真实表情。

另一方面，战旗村的成功，又为今后一段时期内广袤的中国乡村走出各具特色的乡村振兴之路提供了诸多可供借鉴甚至模仿的实践经验……关于这一点，在四川大学屈锡华教授等编著的《战旗村变迁纪实录》一书中，已经有了明确的希冀："认真分析我国的人口国情，在可以预见的未来，到 21 世纪中叶，中国人口总量将超过 15 亿，现在开始执行'单独二孩'生育政策，其人口规模高峰时间将推移到 21 世纪后半叶，那时的人口总量将超过 16 亿。而中国的潜在 GDP 在未来 50 年乃至 100 年中可承载的非农业就业人口至多

9个亿。因此百年后仍有7亿多农民在农村。既然如此，我们何不稳定7亿多农民踏踏实实地建设农村，走一条自主、自助、自创的新型城镇化或乡村城镇化之路呢？……"

关于"上五县"，还有一个饶有趣味的话题可以展开，那就是排名第四的"新"，很多人误以为是新都，因为和郫都区一样，新都也是古蜀时期著名的"都城"之一，据《华阳国志》记载："蜀以成都、广都、新都为三都，号名城。"新都历史悠久，资源丰富，然而"温郫崇新灌"里的"新"却不是指新都，而是和崇宁县命运相同的新繁县（县治在今新都区新繁镇）。明正德十三年（1518）刊刻的《四川志》明确记载，早在秦始皇二十六年（前221），蜀郡所辖的县即有繁县（即新繁），1965年，有着两千多年建置史的新繁并入新都，从此成为新都下属的一个镇。

颇具意味的是，因为有了伟大的都江堰水利工程，才造就了"上五县"的富庶，可是拥有都江堰的"灌县"却排名在"上五县"最末的位置。这其实从一个侧面证实了受惠于李冰父子最多的，乃是成都平原上那些河道纵横、一马平川、土地肥沃的地区。

然而，在漫长的历史长河中，人们总以为崇宁县全境都是成都平原的膏腴之地，以致忘记了战旗村前生所在的这一片区域其实乃是一个站在金饭碗旁边的"叫花子"。

这真叫人哭笑不得。

三

那时候有多穷呢？

微风吹拂的楠木林里，高德敏脸上又露出了朴实的笑容，嘴里"蹦跶"出来一连串令人听了无比心酸的"顺口溜"：

苕菜加稀饭，影子照得见。
一吹三波浪，狗都揩不上。
…………

这是每年二、三月之际（俗称青黄不接之季），战旗村无论大人娃儿，一天三顿都只能捧着一碗清汤寡水的苕菜汤苦苦度日的情景。"那个稀饭啊，可以说是人影子都照得见。啥意思呢，就是基本上全都是汤嘛！可以说那碗稀饭里面，连有多少颗米都能数得出来。"高德敏说。

所以，也就不难理解为什么彼时战旗村这个地地道道的平原村落里竟然有着这谜一样的高原风景了。

青稞成熟的时节，阳雀的叫声开始在远远近近的竹林里回荡。月牙初升的时候，水塘沟渠里响起了"咕——咕咕"的声音，却不是预示丰收的蛙声，而是川西平原上俗称为"蛴蟆儿"的小蛙的叫声。这种小蛙模样和青蛙差不多，体形却仅有青蛙的四分之一左右，而且性格很呆。它们常常一动不动地藏身在路边或田埂上的草丛里鼓腹聒噪，当人在田埂上走过，一脚踢着了它们，它们吃了一惊，连忙蹬腿一跃，然后又伏到草丛里一动不动。所以，川西平原的农人们常把那些性格木讷、眼睛里看不到"活路"的人比喻为"蛴蟆儿"，"你是蛴蟆儿啊，笃一下跳一下。"

如果说青蛙的叫声富有田园情趣，让人不由自主地联想起辛弃疾的那句"稻花香里说丰年，听取蛙声一片"，那么"蛴蟆儿"的叫声则让人心烦。多年来，只要一听到这"咕咕咕"的声音，老人们就会在油灯下长叹一声："蛴蟆儿叫，春瘟到。唉，又到了度春荒的时候了。"这一声叹息仿佛有传染性，家里的成年人顿时都愁眉苦脸起来，只有孩子们竖起耳朵，好奇地听着茅屋外面那绵延不绝的叫声。

天上的太阳也渐渐有了热力，晒得人在空旷的田野上不敢久站，可是举目四望，稀疏的麦穗依然一片有气无力的青色。这时候，战旗村田埂上的青稞穗已经呈黄褐色，在风中不停摇曳。到了四月初，青稞刚闪耀出细微的成熟光芒，饥肠辘辘的人们便再也忍不住，拿出镰刀、背篼，在狭窄的田埂上呈一字形布局，风卷残云一般，瞬间便将弯弯曲曲的田埂一扫而空。

"青稞比小麦成熟得早，一收回来，等不及晒干，我老汉儿他们就迫不及待地用手磨子将它们磨出来，然后做成馍馍。刚一咬在嘴里，感觉那个清香啊。"高德敏回忆说，"可是才吃了几个，胃子里就开始又胀又冒酸水。我那时候正在长身体，吃这个东西咋受得了？唉！"

高德敏万万没有想到，许多年以后，小时候让他吃尽了苦头的粗粝不堪、难以下咽的青稞馍馍竟然摇身一变，成了游客们口中的"香饽饽"。

其实，从光照、水土等因素来讲，战旗村并不适合青稞这种高原农作物，即使栽种并收获，但一来产量低，二来口感差。俗话说"一方水土养一方人"，其实首先指的是"一方水土养一方庄稼"。中国有句俗话叫"南米北面"，主要原因就是因为南方高温多雨，耕地多以水田为主，正好适合水稻生长；北方则因降雨少，气温低，耕地多为旱地，正好适合喜干耐寒的小麦。所以一到夏季，北方大地便麦浪滚滚，西北大地，如陕西、甘肃等地由此还诞生了一种叫"麦客"的职业割麦人。

那么，那时候的战旗村为什么要种青稞呢？表面看来，是因为青稞比地里的小麦早成熟一个月左右，在小麦将黄未黄之际，把青稞收回来后即可帮助大家"度春荒"，然而在多年以后的今天看来，当年的"当家人"之所以要带领大家在田埂上种青稞，其实内心另有想法。

第二章 季春夜行人

又大又圆的夕阳从天边落了下去,青色的暮霭开始从竹林深处涌上来。这时候,一直沉默着的蒋大兴开始说话了。他环顾了四周的乡亲们一眼,喉咙里有些哽咽:"我们现在分村了,不能靠别人了,要靠我们自己了!民以食为天,如果饭都吃不饱,说啥都没用!"

▲ 战旗村七位书记合影

一

当年的"当家人",名叫蒋大兴。

蒋大兴可不是那种"笃一下跳一下的蛴蟆儿性格"的疲沓人,而是人如其名,浑身上下都散发着一种庄稼汉朴实而坚韧的力量。

"大兴大兴,就是要让战旗村大力兴旺。"高德敏说。

到2022年,战旗村一共经历了八位"当家人"。和战旗村的其他村民们一样,这八位"当家人"都是生于战旗村、长于战旗村的地地道道的"泥腿子"。他们从出生的那一刻起,就像一棵树一样,把根深深地扎进了战旗村的土壤之中。生活艰难的时候,他们内心其实也曾想过逃离这片贫瘠的土地;不堪重负的时候,他们脑海中也曾闪过撂挑子的念头……但既然树木的使命是向天空发起冲锋,庄稼的价值在向秋天奉上沉甸甸的收获,在人生的道路上,他们最终也像村口旁边的那片楠木林一样,把自己长成了战旗村发展历程上一片夺目的风景。

2017年6月,正值薰衣草盛开的季节,在高德敏的建议下,这八位书记除了早逝的杨正忠外,一起聚到了那一大片紫蓝色的花海之中。他们相互用手扶着肩,站成一排,面对镜头,脸上散发着阳光般的笑容,成了花海里最美的一道风景。这道风景线,年龄最大的102岁,最小的54岁。

这片风景其实还有个别名,叫党建的力量;或者用老百姓的话来说就是"火车跑得快,全靠车头带"。

这一年,蒋大兴102岁。两年后,即2019年,他以104岁的高龄去世。

作为战旗村的首任"当家人"、首任火车头,出生于1915年的蒋大兴有一句斩钉截铁的话，让今天的"当家人"高德敏至今记忆犹新："饭都吃不饱，还搞什么革命？！"

这句话是蒋大兴在一个残阳如血的黄昏时分说的。

那是1966年，全国各地都掀起了"文化大革命"。虽然僻处西蜀一隅，但"文革"的风潮一起，长城内外、大江南北都起了波澜。作为长江毛细血管般的小河，一向静谧的柏条河也随之波动起来，并荡开了圈圈涟漪——那年初秋，当田里的水稻开始在阳光下泛出金黄的色泽，村里一群读过初、高中的年轻人却坐不住了。外面传来的各种各样的消息让他们屁股底下像烧着一团火，烧得他们整日里目光灼灼。当父辈们按照多年来的习惯，一大早便踏着露水走到田埂上，用手捻一捻谷粒的饱满度，然后迈着喜悦的脚步走回家中，从墙角里翻出已经卷口的镰刀，躬下身来，在磨刀石上细细地打磨时，这群年轻人却开始谋划着要弃了父辈们这面朝黄土背朝天的生活，到外面去"串联"。那天黄昏时分，当他们在村口集合起来，相互壮着胆要朝县城方向走时，一个身材并不高大的人挡在了他们面前。

这十来个青年人顿时慌乱起来。不知为什么，面对这个头发花白、肤色黝黑却腰身笔直的中年人，他们莫名地感到有些发虚。51岁的蒋大兴一言不发，像铁塔一般牢牢矗立在村口的泥地里。他就那么站着，目光炯炯地凝视着这群与自己儿女差不了多少年龄的年轻人，看着看着，眼睛里涌上来一股"恨铁不成钢"的痛惜与气愤之情。这时候，村里的人们都担心地围了上来。他们生怕这群初生牛犊不怕虎的"青勾子"娃娃和书记吵起来，进而发展到难以收拾的地步……

又大又圆的夕阳从天边落了下去，青色的暮霭开始从竹林深处涌上来。这时候，一直沉默着的蒋大兴开始说话了。他环顾了四周的乡亲们一眼，喉咙里有些哽咽："我们现在分村了，不能靠别人了，要靠我们自己了！民以食为天，如果饭都吃不饱，说啥都没用！"

然后,他一挥手,像平日里安排各项生产一样,语气平淡而又神情坚定地命令道:"各家各户把娃娃领回去,明天开镰,割谷子!"

就这样,一场"风波"刚一酝酿,立刻就像暮色中的炊烟一样淡淡地飘散了。围观的人们顿时松了口气。他们欣喜地走了上来,拉着自家的孩子,在一片蛙声中欢快地朝家中走去。

多年以后,这群年轻人中的一位回忆起当年的那一幕时,感慨地说:"也幸亏是在战旗村,也幸亏是蒋书记,如果是在其他大队,当时恐怕没有人能挡得住我们,有可能我们的命运从此就发生了改变,哪里还能享受到今天这么好的生活呀!"

的确,如果这件事不是发生在战旗村,如果不是蒋大兴出面,这群年轻人的命运或许就要改写了。

这是为什么呢?

二

原因有二。

第一,战旗大队(战旗村前身)是个刚刚才诞生一年的新的大队,而且就在宣布成立的当天晚上,大队部(现为村委会)就遭遇了"撬狗儿"(所谓撬狗儿,是川西平原上对贼的一种方言称呼),作为办公室的茅草屋里,仅有的一根房梁都被偷走了。第二天早上,当村里人得知这一消息时,很多人的第一感觉是又好气又好笑。

"撬狗儿进屋,草都跑不脱。"多年来,包括战旗村在内的川西平原的众多古老村落里就流传着这样一句话。这句话形象而生动地描绘了"撬狗儿"的行事特色——战旗村的老人们回忆说:"撬

▲柏条河

狗儿只要进了屋,就决不能空手而归,因为这会给他们带来霉运,所以哪怕人家户的屋里只有一根草,他们也会偷走。"

而在另一些老人的回忆中,撬狗儿则是棒客的亲戚。所谓棒客,又被称作"棒老二",这是新中国成立前川西平原上庄户人家最大的梦魇。棒客们多三五成群,打着火把,用锅底的黑烟抹花了脸,手上不是端着几杆黑幽幽的"汉阳造",就是举着几支土砂枪。在深夜里,只听一声呼哨,他们就从幽暗的林盘深处闪出来,破门而入,明火执仗地抢夺财物。

毋庸讳言,新中国成立后,祸害甚烈的"棒老二"在川西平原是绝迹了,然而小偷小摸的"撬狗儿"在消失了一段时间后,又重新在20世纪六七十年代的川西平原的黑夜里活跃起来。对此,战旗村的老人们有着自己的看法:"其实,如果不是因为穷,谁愿意背负一个做贼的名声呢?要知道,撬狗儿与棒老二不同。棒老二一般都是外乡人，撬狗儿则多数是本村的。为啥呢？很简单，闹撬狗儿的晚上，人家户喂的狗全都变成了哑巴。"

那些年，特别是漫漫冬夜里，不光是战旗大队，柏条河两岸也常常传来许多庄户人家掉钱掉米的消息，还有令人听了直想笑的专偷腊肉的撬狗儿。最致人心惶惶的，是流传在单壁户人家中关于撬狗儿偷猪的消息。农家有一句谚语：穷不丢猪，富不丢书。对靠天吃饭的农人而言，猪就是孩子的学费、田里的化肥、桌上的油荤，丢了猪，一年的辛苦就付之东流了。还有的撬狗儿从从容容地进到人家屋里，拿了东西，甚至还揭开锅盖，吃了给上学的孩子留作早餐的菜和饭。

因此，当时光回溯到1965年春，刚刚成立的战旗大队的大队部办公室被偷也就不奇怪了。所谓"饥寒起盗心""仓廪实而知礼节"，关于人性的这一特点，我们的老祖宗早就阐述得清清楚楚。

被偷不奇怪，但被偷走房梁则让战旗大队一时间成了周围村庄的笑柄。这充分说明了战旗大队的一个特点：穷。

"说起来都有点不好意思。那时候，我们从金星大队分家出来，分了多少'家产'呢？"蒋大兴后来扳着指头，回忆说，"就1个木头文件柜、2间茅草房、3把圈椅、3个猪棚，以及700元债务……"

那是1965年的事。那一年，收完小春（即割完麦子、油菜）之后，战旗大队就从当时的郫县唐昌镇金星大队分离出来，单独"立户"了。在这之前，它叫金星三大队。简单梳理一下战旗村的前世今生，从另一个侧面，也可以看出新中国成立后川西平原农村的发展历程：刚解放时，战旗村的村域属崇宁县灵圣乡集凤村；1954年，崇宁县成立了万寿乡先锋农业生产合作社、灵圣乡金星农业生产合作社（战旗村村域即属于该合作社）和火花农业生产合作社。1958年，崇宁县被撤销建置后，原来下属的万寿和灵圣两个乡合并，成立了郫县先锋人民公社，从此直到1965年"自立门户"，战旗村所在区域一直属于先锋人民公社金星大队。

当时的金星大队，是由集凤、金星、向阳和祁村四个生产队组成。那么，这个小小的村庄为什么要从原来的金星大队分出来，"单门独户"自己干呢？

翻开由北京大学出版社2021年4月出版的中国人民大学董筱丹教授所著的《一个村庄的奋斗：1965—2020中华民族伟大复兴的乡村基础》一书，我们可以找到如下描述：

国家政权深入乡村社会后，乡村干部的提拔和升迁，都要受上级领导的严格审查。

在这样的土壤中，通过锻炼和实际考验，国家培养出了一批出身贫下中农的年轻的积极分子，给党注入了新的血液。毛泽东在1964年6月提出了搞好社会主义教育运动的标准，即：把贫下中农发动起来了；干部的"四不清"问题解决了；干部参加劳动；建立起一个好的领导核心；农业增产等。

战旗大队之所以能从金星大队独立出来，正是因为这个重要的时代背景。1965年，先锋公社党委研究后认为，第一，目前公社的大队地盘大、户数多，领导和管理有困难，以致有些问题不能及时发现，及时发现了也不能及时解决，为了壮大和巩固集体经济，只能等待时机解决；第二，党开展的社会主义教育运动，对干部进行了考核，这些教育给养使得一些干部具备了独立工作的能力，能正确贯彻党的方针、政策，密切联系社员和群众。在此情况下，分出一些大队更能促进生产全面发展。因此，先锋公社将金星大队11—17生产队划出，单独成立了一个大队。

这个大队，当时被称为"金星三大队"，后来改名为战旗大队。与周边的几个大队相比，这个新成立的大队条件最差。也因此，一穷二白的"家当"让刚刚诞生的战旗大队人心里憋了一口气：不能再闹出事来，让外村人笑话。

原因之二，则是蒋大兴的个人魅力。

俗话说"装农像农"，这句话一般是老一辈人用来敲打那些不安心在家当农民的年轻人的。在我们这个广袤的国度，有那么漫长的一段时间，农民不仅是一种职业，更像不同于城里人的一种身份，因此，才有了著名作家路遥《人生》这部小说里回乡知识青年高加林以农民身份而自卑、苦苦谋求"跳农门"最终而不得的悲剧。但对于蒋大兴而言，当一个农民，并不羞耻，羞耻的是，当了农民，却不能向土地学习，形成人与土地相互依靠的那种健康、朴实的关系。

蒋大兴的人生经历其实很简单，1915 年出生，1953 年加入中国共产党。1952 年，他担任金星大队农会组长，1956 年担任金星大队大队长，1965 年至 1969 年担任战旗大队第一任党支部书记。

新中国成立前，蒋大兴曾做过长工，为了养活一家人，后来长期做佃农。从学历来看，他只读过两年私塾，勉强识得几个字，人前能说得几句"子曰"，人后也可以背诵几句"人之初，性本善"。成家之后，作为家里的壮劳力，那个时候，他最大的愿望就是能拥有自家的一亩二分田，可以种麦、点豆、插秧。春天来了，再买上一头牛，在耕作的间歇与牛说说话，听牛哞哞地回应几声。作为一个佃农，蒋大兴一辈子的梦想不过如此。然而，"吃了半辈子牛屁股，一年到头，全家人连肚皮都箍不圆"。那时候的蒋大兴经常半夜里醒来，透过茅屋顶的缝隙，望着头顶的夜空发呆，他怎么也弄不明白，自己辛辛苦苦劳作一年，为什么还是如此贫穷？想着想着，这个性格坚韧的汉子在不知不觉之间已泪流满面。随即，他又攥紧拳头，喝令自己要再勤劳一点、再努力一点，可是，他的汗水流得再多，到了年底，家里依然是缺吃少穿。

他想不通，脸上的皱纹越来越多，早早就出了老相，刚翻过三十岁，看上去就像五十多的人。

其实原因很简单，并不是蒋大兴自己不勤劳，而是当时的土地制度、生产关系和生产力的低下，决定了像他这样的无数佃农只能一辈子都挣扎在温饱线上。

如果不是 1949 年古老的中国大地所发生的翻天覆地的变化，可以想象，蒋大兴的后半生将会是怎样的一幅图景——他也许就像鲁迅笔下那麻木而凄然的闰土，在劳作中挣扎，最后迎来自己凄凉的结局，就像一首陕北民歌所唱的：

黄土里生来黄土里埋，
（咱）一辈子就是个苦命人。

然而 1949 年来了。

日月丽于天，江河行于地——不管后来的研究或论述如何汗牛充栋，但有一点不容置疑——决定了 1949 年中国命运走向的，最重要、最根本的因素，乃是之前发轫于陕甘宁等解放区继而轰轰烈烈铺向全国解放区的"土改运动"。

正是"土改运动"，让蒋大兴这个佃农翻身成了自己脚下这片土地的主人。他的后半生，可以说正是毛泽东主席在天安门城楼上那一句面向世界的宣告——"中国人民从此站起来了！"——在中国农村的生动体现。也因此，这样一个没有多少文化的"土命人"，在年近半百之时，感受到了党组织的信任和乡亲们的拥戴，顿时焕发出了年轻人才有的热情、智慧和勇气。他暗暗发誓，要用自己与土地打了大半辈子的经验，用自己特有的智慧和努力，带领新诞生的战旗大队去开启那艰辛而又充满意义的建设历程……

可是眼前这番景象多么令人难堪！

房梁被偷走之后，蒋大兴站在满是杂草的猪棚面前，面对眼前的一片狼藉，他背了双手，低着头，围绕这三间猪棚连续走了三圈。当他抬起头来时，满是皱纹的脸上写满了坚毅与果决。

"其实，那时候，我们的心里都如刀绞一般。如果说解放前撬狗儿偷东西还可以理解的话，那么，这一刻在我心里刻下的，就是一种耻辱。我们必须要用行动来洗刷这个耻辱！"

2022年7月，曾担任战旗大队首任会计、后来也曾担任战旗村党支部书记的李世炳回忆起这一幕时，依然记忆犹新。

于是出现了令人难忘的一幕：就在当天下午，在蒋大兴的主持下，战旗大队的党员们齐聚到三间猪棚前，开了一次令他们终生难忘的党员大会。

就在这次会上，选举产生了由五个人组成的战旗大队委员会，由罗会金任大队长，李世炳任大队会计。新成立的领导班子立即大力发动群众自力更生，又修起了6间草房，3间作为大队的办公室，另外3间作为养猪场。

"为什么要修养猪场呢？"多年后，我好奇地问高德敏。把办公室修起来之后，战旗的"家底"已经耗费一空，即使要修，也应该是修保管房之类带仓库性质的房子。就像当时的其他许多村一样，紧挨着大队部的，是几间常年被铁将军把门的、窗户开得小小的库房，里面存放的，主要是村子里最金贵的东西：粮食，或者种子。

"这有啥奇怪的。"高德敏看了我一眼,嘴里蹦出了一句顺口溜,"穷不丢猪,富不丢书"。

我咀嚼着这句话,看来,这貌似浅显直白的语言里,其实蕴含着一个很深的道理。

然而一波未平一波又起,谁也没有想到,这个新生的基层组织很快就经受了一场严峻的考验。就在"春荒"即将结束的时候,由于上游连降暴雨,一向波澜不兴的柏条河突发大水,一时间,汹涌如龙的浪头在河岸冲开一个决口,恶狠狠地扑向低洼处一大片即将收获的油菜田。

▼当年的田埂如今已成了健身散步的绿道

村民们顿时惊慌失措，就在这危急关头，蒋大兴急匆匆带领大队部的干部们赶到河边，面对汹涌而来的洪水，他毫不犹豫，扑通一声跳进决口，党员们随即跟着跳了下去。他们手挽着手，刹那间便全身湿透，但硬是组成了一道人墙，保住了那一坝散发着芬芳气息的油菜田……

面对这样的村情，这样的支部书记，这样的领导班子，你说，村里那帮想要出去"串联"的年轻人能不低头扪心自问？能不反思自己该如何去面对脚下这片土地吗？

很多时候，我们的一些研究中国经济的专家满口都是国外的经济学术语，其实，他们应该低下头来，认真聆听中国农民从心底发出的声音。中国的农民，固然有其保守甚至落后、散漫的一面，然而他们的内心，其实隐藏着古老而朴实的中国智慧。这个智慧，用鲁迅先生的话说，就是一要温饱，二要发展。

用蒋大兴的话来说，就是"把生产搞好，这才是真正的搞革命"。

用高德敏的话来说，就是"穷不丢猪，富不丢书"。

这一句话，是谦卑而慈悲的大地母亲教给蒋大兴和后来的历任书记的，也是他们俯首面向大地，用了大半辈子的时间才理解和消化，直到在担任了党的基层组织领导后才领悟出来的。

三

蒋大兴这个战旗大队的首任"当家人"悟出来的另一个道理，到今天依然还在焕发着活力，并且随着时代的发展而注入了不同的内容，它始终是推动战旗不断发展的智慧和力量。

这个道理的外在表现形式，就是基层党组织的战斗堡垒作用。

乡村如海，城市如岛。由战旗村来管窥全国，有一个道理无法否认：在广袤辽阔的中国农村，如果没有基层党组织的坚强领导，大力发展集体经济，从而把所有的群众紧紧拧成一股绳，只靠家境各异、条件不一的一家家农户独自面对市场经济的挑战，要想达到绿水青山、共同富裕的发展目标，是永远都实现不了的。

但蒋大兴所悟出的道理，只能带领当时的战旗大队迈出发展的第一步。

时代的目光依然还在严苛地打量着战旗村，观察着这个新生的、由几个自然村落组成的行政村这一大片拖家带口、经济贫困、地处偏远的庄户人家们能在这股精神的感召下，向前走多久？

事实证明，战旗这个名字就像一面旗帜，从诞生那天起，就在数百户人家心中扎了根。

说起来，战旗这个名字的由来还与蒋大兴密切相关。更准确地说，是蒋大兴和当时的大队领导班子，以其朴素的感受和真切的认知，认准了那一面高高飘扬的党旗，从而为战旗村这个名字的诞生一锤定音，成为时代的最强音！

在战旗村并入金星大队之前，该地被称作集凤村。这个名字，缘于从村边流过的柏条河的一条支流上一座名叫集凤的石桥。除集凤桥之外，将战旗村与外界连接起来的桥梁另外还有三座，分别是尚洪桥、徐家桥和天枢桥。这四座桥都是清代所建，其中以集凤桥这座石拱桥最为精美。这座桥始建于清代道光年间，本地传说：清道光年间，由于水患冲毁便桥，大户们便集资在此建桥，桥刚建成，突然从灵圣庵、梓潼宫柏树上飞来两只硕大而不知名的大鸟，在桥头冲天而立，于是得名集凤桥。"集凤"这个桥名其实体现了当时民众的一种愿景：希望这僻远之地能通过这座桥，汇聚八方人才，进而改变土地贫瘠、经济贫困、文化落后的面貌。桥建成后，一直没有一个像样的名字，后来人们特地邀请了居住在崇宁县（今唐昌镇）的拔贡易象乾题写桥名。

所谓拔贡，乃是贡生的一种。贡生这一制度，明清两代最为完善，朝廷挑选府、州、县的生员（即秀才）中成绩或资格优异者，升入京城的国子监读书。顾名思义，贡生意指将人才贡献给皇帝。而拔贡，则是清代特有的，它指的是每十二年，各省学政考选本省生员，择优报送中央参加朝考合格者。起初，拔贡每六年选拔一次，到乾隆七年（1742）改为每十二年一次，名额是每个府学两名，州、县学各一名。

易象乾，生于清代同治年间，卒于1935年，光绪十八年（1892）即成贡生。光绪二十三年丁酉（1897）乡试中举。1900年八国联军入侵中国，慈禧、光绪避走西安，易象乾随营西安武卫中军。后任政务处随员，作为候补官员留在陕西。1911年辛亥革命后，回到了崇宁县居住。

易象乾书画皆精，行书学习王羲之王献之父子，小楷则学曹娥碑、《黄庭经》，风神潇洒、错落有致。

现在已经无从见到易象乾题写的"集凤"这两个字了。早在20世纪50年代，也就是战旗村成立之前，因为要拓宽道路，那形如拱月的集凤桥已经被崭新的水泥桥所代替。但可以想见，那两个字一定神韵洒脱。这，不能不说是一个遗憾。

战旗村刚从金星大队分出来时，人们沿袭了前人的愿望，依然称这个新生的村落为"集凤"。1966年，"文化大革命"开始，蒋大兴书记以一个在土地上摸爬滚打了半辈子的基层党组织负责人的眼光，坚持认为农民该做的就是搞好粮食生产。那时的战旗大队，除了土地这种最基本的生产资料外，可以说一无所有，为了向土地要粮食，向土地求丰收，蒋大兴和党支部一班人苦苦思索着如何才能激发出村民们的干劲。很显然，集凤这个村名虽然雅致且富含诗意，但明显已经和时代精神不合拍。一群人收工回来后聚在大队部那简陋的茅屋里，你一言我一语，相互启发着，如何才能取一个能充分凝聚人心、体现精气神的名字。这时，有人提出了一个想法，

郫县的三道堰已被称为"战旗公社",意思就是用战斗的旗帜引领前进……蒋大兴一拍大腿:对呀,既然他们叫战旗公社,我们叫战旗大队又有啥不可以?

蒋大兴话音刚落,全场顿时响起了热烈的掌声。从此,古老的、象征着另一个时代的"集凤"这个名称便逐渐淡出了人们的记忆,那天以后,在晨光熹微里,在夕阳西下时,扛着锄头走在田埂上的村民们开始兴致勃勃地讨论着这个崭新的、富有激情的名字:战旗、战旗……尤其是村里一些读了初中、高中的青年男女,他们用自己的心思去琢磨着这个名字的含义,感受着这个名字的音调……每当嘴里说出这两个字,一开一合的音节顿时生发出一股铿锵的力量,他们年轻的眼睛里也随即升起了一道道夺目的光芒。

就这样,战旗这一面旗帜,首先在人们的心里生下根来,进而迎风飘扬在了这炊烟袅袅、阡陌纵横的川西平原古老而年轻的村落上空。

四

即使物质上再贫穷,人也是需要有一点精神的。

战旗这个名字,很快就把村里的人心凝聚了起来,村民们的精神面貌也随之发生了变化。田里的耕作虽然劳苦,但是这个新村的民风却焕然一新,涌现出了众多感人的事迹。

转眼间,又到了青稞飘香的季节。

1972年4月,正值农历三月。这个时节,俗称"季春",小麦正灌浆,油菜也结起了饱满的豆颊,站在田里望去,漫天都是翻飞的燕子。这天黄昏,在秧母田里忙了一整天的高玉洪进了院子,走到墙角里将满满一背篼从田埂上割来的喂猪的青草倒了,刚才走得急了,此刻,他的胸膛还一上一下地急剧起伏着,然而他却并不着急到灶房里洗手歇气。他瞄了屋里一眼,见妻子正在灶上忙碌,就拐出门来,在屋后那块麦田边蹲下来,从兜里摸出一根烟杆儿,一面将叶子烟朝烟头里按,一面独自对着四周徐徐笼罩上来的青幽幽的暮色,开始寻思起心事来。

在这个巴掌大的小村里,高玉洪的家庭负担算是比较重的。整整五十年后,他的儿子、战旗村的第八任"当家人"高德敏回忆说:"神仙难过二三月。那时候,我家里头兄弟四个,上面除了父母,还有高龄的奶奶。我是老大,最小的兄弟是1969年生的,那时候才三岁。我们全家七口人,除了厨房、粮仓,只有两间正房。"俗话说,人生在世,吃穿住行。对于已届中年、拖着四个儿子的农民高玉洪来说,住得窄陋一点倒没啥,最多雨季时外面下大雨,家里下小雨,用脸盆、脚盆接一下,也就熬过去了;穿也可以将就着对付过去;村里的孩子们哪个不是从三月起就开始打起光脚板去上学?不管天晴下雨,这光脚板一打就是八个月,要到十一月份才有一双草鞋穿;至于行,一年到头难得赶一次场,最多也就是年关到唐昌镇上置办些年货,更没有什么好忧心的。

让高玉洪忧心惦念的,是吃。

年关一过,家里那口唯一的铁锅所煮着的,便是苕菜。在今

▼ 远眺横山子

天，新鲜的苕菜是好东西，用米汤煮出来，加一点农家的猪油、红油辣椒，可以解油腻，开胃口，是大受欢迎的一道特色菜，然而当时的苕菜却是主食！

那碗里的光景是什么模样哦？"十根苕菜抬两颗米！"吃得四个正长身体的娃娃一个个面黄肌瘦。尤其是最小的老四，才三岁，每天饿得哇哇叫。

可是，到哪里去找米下锅呢？

唉！

一分钱难倒英雄汉。这个春天的黄昏，不知忧愁的燕子们在空中漫天飞舞，迎着暮色叽叽喳喳地叫着，忧心忡忡的高玉洪却无心欣赏它们美丽的翩然身影。他把烟杆杵到嘴边，却忘记了从口袋里摸出火柴来。他就那样在田埂边蹲了半天，终于狠下心来，小心翼翼地取出烟斗里的烟丝，重新把它们装进口袋里，然后猛地把烟斗朝地上一磕，站起来，朝敬老院的方向走去。

那时候，战旗大队敬老院里的生活让许多村民都羡慕不已，原因很简单：这里面，每个月可以吃一顿回锅肉！高玉洪当然不敢奢望到敬老院借两斤肉回来给孩子们打打牙祭，他连这个想法都不敢萌生。他唯一希望的，是希望敬老院能看在自己大小还是个生产队长的面子上，能借点谷子，就谢天谢地了，至于白生生的大米，高玉洪连想都不敢想。

通往敬老院的路是坑坑洼洼的土路。出了村，是一段两边长满了巴地草的田埂，穿过田埂，就可以踏上土路了。高玉洪裤脚高挽，担着挑箩，跌跌撞撞地走在那柔软的巴地草上。他一边走，一边想，这个季节，恐怕敬老院里也没有多少大米，那么，能借半箩筐陈谷子也是好的，只是得给人家说清楚，这谷子只有等秋天打完谷子才能还了。出乎他的意料，借谷子的过程异常顺利。在渐渐厚重起来的暮色里，敬老院的负责人默默地听了他结结巴巴的讲述，也没有多说，就叫人把他那担挑箩担到后房去，再出来时，挑箩里装了大约三分之二的黄谷。

当高玉洪眼里含泪，把挑筐担出敬老院的大门时，只听得身后传来一声长叹：唉！他心里一酸，也没去多想，急忙担着这一挑黄谷，大步向家里走去。

夜色朦胧。回去的路上，脚不时踢到藏在草丛中的"蛴蟆儿"，有时候则脚下一软，只听得"扑哧"一声，原来踩在了牛粪上。高玉洪正快步疾走，忽然觉得脚踩在草丛中的一件东西上，他以为又踩着了牛粪，谁知一抬脚，这件东西挂到了脚上，低头一看，原来是一件衣服。夜色已经像打翻的墨水一样浓了，他也没有细看，随手就把这件衣服捡了起来，扔在了挑筐里，一路紧赶慢赶，终于赶回了煤油灯昏暗火苗不停摇曳的家里。顾不上喝口水，高玉洪把衣服甩到一边，然后走到仓边，"哗哗"地把谷子倒进已经看得见地面的谷仓里，然后到灶房里取下悬挂着的秋壶，一仰头，"咕嘟咕嘟"灌了半壶水下去，才想起那件衣服，拿在油灯下一细看，他顿时呆住了：

这是一件八成新的军装。很明显，是一件战士服，因为只有两个衣兜，而且风纪扣还扣得严严实实的。高玉洪解开衣兜一看，只见里面有一封信，信封上写着收信人的姓名。另一个衣兜里，则装着二百多元钱！

二百多元！高玉洪的心顿时战栗起来：这可是一笔巨款呀！抵得上自己这个壮劳力一年的收入了，如果拿来买米，按照那时候市价每斤一角八分来算，足足可以买1000多斤！

这么多的米，完全够一家人吃上一年半载了。就是城里，也抵得上一个工人的全年工资了！

该怎么办？

这一晚，高玉洪手里捏着这二百多元钱，像拿着一块烤得滚烫的红薯，翻来覆去，一夜未眠。

和妻子商量了几乎一整夜后，第二天一大早，高玉洪就出门了。他出了村，走上又弯又窄的田埂，按着信封上的地址边打听边向着一块块散落在田野间的林盘走去……

当太阳热辣辣地照到头顶时，高玉洪终于走到了那户人家，谁知刚走到门口，就听见屋里一片吵闹声。高玉洪急忙跨进门去，开口就说："真对不起，东西我捡到了，但因为昨天回去太晚，怕你们睡了，所以今天赶早送来。"这家人顿时愣住了，因为掉钱而引发的全家人的争吵也戛然而止，面对眼前这个憨厚、朴实的农民，他们感动得不知说什么好……

这件事很快就在十里八乡传开了。有人说，真没想到，战旗大队的人能有这样的思想觉悟，前几年他们不是还遭撬狗儿偷了吗？听说他们大队当时还有年轻人放出狠话，再逮到撬狗儿要把脚杆给他打断，想不到这才短短几年，他们大队就出了这样的好人；有知情人随即解释道，那是因为战旗大队这几年改土改田，群众的精神面貌得到了劳动的冶炼，大家心里都有盼头，不光是高玉洪，战旗大队还有许多好人好事哩！

这件事后来还上了川报。高德敏回忆说："想起来真是令人感慨。那年《四川日报》前来采访我父亲，因为没有相机，只得请人画了一幅我父亲劳动的画作。时代发展得真快，现在对再高档的相机，人们都见惯不惊了。"

一行用石灰水刷出来的"沟端路直树成行,条田机耕新农庄"的洁白的大字首先刷在了大队部的墙壁上。远远望去,这一行字既醒目又美观。村民们咀嚼着这句话的含义,心里那种对美好生活的向往顿时被唤醒了。

第三章 肩挑背磨十年路

一

是的，就在高玉洪捡到巨款而又拾金不昧的同时，全体战旗人正在时任大队支书罗会金的带领下，轰轰烈烈地进行一场名为改土改田的战斗。

谁也没有想到，这一场志在改变战旗大队农业生产落后面貌的战斗，战旗大队的领导班子和村民们肩挑背磨，一干就是差不多十年。

为什么要改土改田呢？

从表面来看，战旗大队的土壤在都江堰灌区属于中等。这里平均海拔 550 米左右，假如站在横山子向下俯瞰，你看到的战旗村这一带就是土地平整、屋舍俨然、嘉禾竞秀、树木荫翳，酷似陶渊明笔下那引人入胜的一派田园风光。

的确，战旗村这片区域属岷江河流冲积扇区，地形平坦，水资源较为丰富，在村子的两边，有柏条河和柏木河绕村流过，终年水声潺湲，碧波荡漾。柏条河乃是都江堰内江的四大干渠之一，它经宝瓶口取水于岷江，在蒲柏桥桥闸与蒲阳河分流，到鲜家堰达唐昌镇边界，是郫都区与彭州市界河。在郫都区境内，柏条河长达 19 公里，其中，有 2 公里的河道流经战旗村。不光滋润了战旗村，柏条河还灌溉了郫都境内约 5 万亩农田，主要引水渠堰为先锋渠和灵宝堰。

而柏木河那一河碧波则比柏条河显得曲折蜿蜒一些。它原本在走马河左岸都江堰市的朝天堰起水，到横山子西麓进入郫都区境内，沿途流经上平乐桥、柏木河桥、子云桥，到新民场镇人称两合水的地方汇入徐堰河。1970 年，渠系改造时因为都江堰段改直，柏木河的起水口移至五陡河对岸，新渠改从上瓦窑入郫都境，至苏家堰重新流入原来的渠道。

◀ 战旗大队时的劳动场景再现

◀ 劳动创造美好生活

据测算，地下水位受季节变化的影响，战旗村枯水季节与丰水季节水位的差幅约为1.0—1.5米。

虽然流水淙淙，然而土壤的状况却不容乐观。蒋大兴种了大半辈子田，他深知战旗大队每一块田的土质情况。这片土地，除了肥沃的油沙田每年的收成比较稳定外，全大队还有一半的田对水稻、小麦的种植影响很大。

"油沙田的土层大约厚0.3—0.4米，颜色是灰黑色，湿润，富含植物根须及腐殖质物，均匀疏松，含有机质丰富，肥力强，非常适宜各种农作物生长。"2022年4月，谈起当年轰轰烈烈的改土改田，高德敏随口就报出了这一数据，看来，他和历代村支书一样，对于战旗村的基本农田情况了如指掌。

"可是，'漕田'和'白鳝泥'田的情况就很糟糕了。以水稻为例，油沙田亩产可以达六七百斤，后来达到了亩产一千来斤。可是这两类田只能收三五百斤，偏偏它们还占了全村土地的一半。"高德敏叹了口气，言语间仿佛又回到了当年那肩挑背磨的艰苦岁月。

在农村生产或生活过的人都知道，在油沙田里干起活来身心舒畅，可是到了"漕田"里，人立刻就头大了：疲惫不堪不说，关键是心头还直冒火。为啥呢？因为所谓"漕田"，大部分是川西平原农村俗称的"冬水田"，因地势低洼，田里终年积水，说像水塘，可是又不能养鱼，而且水与泥混在一起，人一踩进去，淤泥立刻就没到小腿，周围还"呜嘟嘟"地直冒水泡，在更深的地方，甚至可以直没到膝盖以上。这样的田，人们厌恶地称之为"烂泥田"。奇怪的是，如果是种小春农作物，如油菜、小麦，这些田基本和油沙田一样，可是一旦到了收割水稻的季节，田里的积水始终无法排干，人们只得歪歪斜斜地在田里移动，片刻工夫，满脸、满身便都是泥浆。往往一天下来，人累得瘫坐在田埂上，连说话的气力都没有。

所谓"白鳝泥"田，即田里的土壤为白鳝泥。白鳝泥又叫白云土，颜色洁白细腻、土质松软，这样的泥土，因为具有良好的可塑性和耐火性等理化性质，是造纸、做陶瓷和耐火材料的良好原料，可是偏偏不适合植物生长。

如果时间能往后推迟十多年，或许战旗村的白鳝泥就能给村里发展工业带来意想不到的财富。然而在20世纪60年代，像全国大部分的农村一样，战旗大队也只能靠种庄稼，才能解决全村人的温饱问题。

偏偏，战旗村一半的土地都不适合种庄稼。"那时候，战旗村好一点的田在二队、四队和八队，这三个队的田都是油沙田，大概有四百多亩田，属油沙土。其余的田大部分都是漕田，长年积水，产量低，许多田只能种一季大麦，亩产也只有几百斤。"高德敏说。

村里的老人们一谈到"烂泥田"，一句随口溜就出来了："种田不种蒋家湾，终年积水排不干……"

尤其令人难受的，是这些田高高低低，高的地方甚至高于低洼的地方一两米，全村的土地，大大小小，有的像月牙，有的是条形，有的是菱形，更多的则呈不规则形状，大的面积有一亩多，小的则只有二三分，给耕作带来了极大的困难。

"饭都吃不饱，还干什么革命？"

这个问题像一块石头一样，沉甸甸地压在全村每一个人的心头。

二

改土改田的战役就是在1968年打响的。说这是一场战役，并不是夸大其词，而是全体战旗人被粮食低产的现实所迫，经过大队领导班子的深思熟虑，发起的一场实实在在的"向土地要粮"的行动。

时隔五十多年，当你漫步在花园般的战旗村里，触目都是桃红柳绿、翠竹摇曳的风景，放眼望去，村外那一望无垠的田地里，春天菜花金黄、麦浪翻滚，金秋则稻浪起伏，你一定会由衷地赞叹：好一片丰饶的土地！你也许会认为战旗村之所以成为中国乡村振兴的一面旗帜，是老天的眷顾，是因为这一方水土的富饶；可是你只要转头一问，就连那些一身"潮人"打扮的"80后""90后"，甚至"00后"的年轻人，都会告诉你，这富饶、丰裕的景象，都源自那一场轰轰烈烈的改土改田。

说起祖父、父辈们身上那战天斗地的精神，这些年轻人脸上顿时散发出一种自豪的神情来。因为，战旗村人硬是靠肩挑背磨，整整干了十年，才让战旗村的田地旧貌变新颜。

发起这场战役的"决定"时间，恰好处在战旗村首届和第二届领导班子的交接时段。

如果说蒋大兴这位战旗村人的首位"当家人"以自己半辈子做佃农的经历意识到农民必须组织起来，才能凝聚出一股敢想敢干的精神的话，那么，在他以"战旗"为名，将全村人都聚到这面旗帜下之后，改土改田就是战旗精神在现实中的第一次平凡而又伟大的实践！

1968年，担任战旗大队大队长的罗会金、会计李世炳等人在书记蒋大兴的领导下，意识到不能"等靠要"，必须从战旗的实际村情出发，大力发展粮食生产，于是带领大队一班人对全村的土地进行整理规划。经过许多个日夜的踏勘与思量，他们在心目中有了一个目标。为了让群众容易懂，他们决定先采用做思想工作，让群众充分了解下一步发展方向的方式，"群众心里有了盼头，干部做起工作来，就省心了一大半。那句话咋说的，叫上下同欲者齐心！对吧？"高德敏笑呵呵地说。

于是，一行用石灰水刷出来的"沟端路直树成行，条田机耕新农庄"的洁白的大字首先刷在了大队部的墙壁上。远远望去，这一行字既醒目又美观，人们咀嚼着这句话的含义，心里那种对美好生活的向往顿时被唤醒了。

紧接着，蒋大兴、罗会金、李世炳等人又分别到各生产队进行宣传动员。当时，战旗大队共有九个生产队，以林盘的方式散居在田野之间。三个人一商量，决定分别走进各个队去进行动员，每到一个队，他们的话都直截了当：要想吃饱饭（当时叫过粮食关），就得把战旗村的土地全部"条田化"，特别是要把分散在各处的零散的地块整合起来，实现土地连片耕种，这样，才能提高战旗大队的粮食产量。

目标有了，但如何实施呢？

换句话说，靠哪些人来完成这项在战旗大队历史上前无古人的工程呢？

蒋大兴、罗会金、李世炳等人对本大队的劳动人口现状进行了认真的分析研究。那时候，战旗大队有9个生产队，总户数283户，总人数只有1194人，他们扳着指头，一个人一个人地计算，这一下，三个人的心都紧了：能投入的劳力，除去半劳力和小孩外，就只有560多人。除了正常的生产外，能抽出的精壮劳力并不多，怎么办？

一时间，蒋大兴等人陷入了愁闷之中。

就像有太阳的地方就有阴影一样，谁也不能否认，中国的农民是勤劳、朴实的，然而由于小农经济的长期影响，在他们身上也不同程度地存在着散漫习气，存在"见水脱鞋"、渴望"吹糠见米"等目光短浅的想法。当全大队的群众都被激发起来大力进行改土改田时，罗会金等干部在和群众一起劳动时，也耳闻目睹了一些"牢骚"，这让罗会金陷入了深思——眼下，正是需要出力流汗的时候，而且看样子，改土改田这样庞大的工程，没有三年五载难以完成，要让每个人数年如一日地进行这种高强度的劳动，显然是会引发怨言的。

农村的基层工作从来就是难度极大的，它需要既懂上级政策，也要懂农业，更要懂得农民的心理，

▶ 20 世纪 70 年代战旗大队集中学习场景

▶ 1978 年战旗大队民兵连座谈会

在农村中有一定威望的人才能胜任。那时候，通过担任大队长，罗会金已经在村民中具有了极高的号召力。当他敏锐地意识到这一点时，经过一番深思，认准了一个观点：组织起来的村民们，如果能有人民军队的良好纪律和作风的话，工作中的很多问题就会迎刃而解。

这个想法也有其时代背景：1969年，中国和苏联、美国这东西方两大阵营中的"领头羊"都处于关系紧张的状态之中，苏联更是在中苏边境陈兵百万，一时间，中国的国防安全问题受到了全世界的瞩目。在这个形势下，中央提出了在全国实行军民共建，大力发展民兵组织。

一念通，全盘活。随即，战旗大队党支部瞄准民兵队伍建设，狠抓组织工作，大力倡导和发挥民兵的作用。他们按照部队的编制，将一个生产队视为一个排，整个大队九个生产队，那就相当于人民解放军的一个连，于是，以青壮年农民为主力，战旗大队民兵连成立了。

和周边乃至更远区县的一些大队不同，以战旗精神为引领的战旗大队民兵有着自己的特色。

"当时，在郫县县委武装部的领导和指导下，战旗大队民兵连的军事训练在四川省都很出名，全村的面积是2.06平方公里，民兵们在参加生产队劳动的情况下，5分钟之内就能全部集合在一起。"李世炳说。

实践证明，将部队雷厉风行的作风注入了这些祖祖辈辈都面朝黄土背朝天的村民身上，成效是显著的。1970年冬，就在即将大规模开始改土改田的前夕，当时的先锋公社民兵团准备对黎明大队的支渠、斗渠进行改造，公社民兵团需要战旗大队抽调人员进行这一工作。战旗大队民兵连顾全大局，从全体民兵中遴选、抽调出79人，参加了这一工作，他们的表现受到了好评。与此同时，战旗大队民兵连还成建制地参加了先锋渠的开挖修建工作。那时候，什么地方困难，什么地方就有战旗大队民兵连的身影。在艰苦的劳作中，战旗民兵连把自己锻造成了一支能打硬仗、恶仗的队伍。

1970年至1974年间，战旗大队硬是把四千多块不规则、高低不平的田改变成了两亩一块，800来块条田，实现了"沟端路直树成行，条田机耕新农庄"，成了先锋公社的先进生产大队。

在改造条田的同时，战旗大队还大兴水利建设。他们从先锋渠取水，修建了三条斗渠，即一斗渠、二斗渠和三斗渠。这三条斗渠每条长1.5公里，底宽1米、边高1.5米。一斗渠灌田240.7公顷，二斗渠灌田268.3公顷，三斗渠灌田16.4公顷。还在三斗渠上分别修了分斗渠5条，每条均在1.5公里以上。

"这几条斗渠硬是我们靠肩挑背磨，苦战四个冬春才修起来的。不光如此，在排水沟上，我们还修了人行桥两座。"李世炳回忆说。

在"烂漕田"上修人行桥、机耕桥是个困难的事，由于长年积水，地基已经成了"弹簧土"。战旗人发动群众想办法，有人看了电影《闪闪的红星》里那顺江而下的竹排，茅塞顿开，建议在"弹簧土"上面放上用桤木钉成的木排，木排体积大，桥体放在上面就再也不能移动了。用这样方法修建的桥梁现在都安然无恙地继续发挥着作用。

这些工程完成后，地下水位明显降低，村民们下田收割再也不沾泥水了。以前不能用拖拉机和耕牛耕种的土地，现在也没有问题了。地下水位降低后，还提高了土壤的产出能力，以前只种一季的田现在也能种小春、大春两季了。如七队的200多亩田，以前只能种一季，现在也能种两季了。水稻也能达到当时的普遍指标774斤。分钱户1973年也达到259户，占总户数的88.4%，每人平均分钱21.8元，名列公社前茅。

下湿田的改造，还提高了明沟的排水效率。渠道通畅，不仅能排出汇入该渠的地下水和地表水，每年七、八月下大雨时，四周地表的雨水汇入该渠，顺畅流下，使排洪有了保障。

就这样，战旗大队的发展进入了一个承前启后的重要阶段。1970年，罗会金担任了战旗大队的第二任书记。那时候，群众的热情都已经被激发出来，投入了改土改田的劳作之中。面对战旗既缺钱又缺粮的村情，罗会金带领群众用土砖将两间猪圈房简单地修整了一下，就把这里作为了大队的办公室。

"虽然说我们连芝麻官都算不上，可是你的一言一行群众都看在眼里、记在心里的呢，如果我们不能吃苦在前，群众也不会实心实意地听你的话，这样，工作还咋开展？"谈起罗会金把猪圈房作为办公室的事，高德敏深有感触地说。

确实，一谈起那十年的情景，村里老一辈人都万分感慨："那时候的条件咋个比得上现在哦？现在都是收割机、插秧机，做起庄稼活来，轻松得很。那时候我们只有两只手，大队干部和我们一起，不分晴天雨天，我们硬是将几千块不规则的小田整理成二亩大一块的条田。"

这些被整理得规规则则的条田共有多少呢？

说来令人咋舌，一共八百多块。

按照两亩一块来算，也就是说，在罗会金等人为代表的大队委员会的带领下，战旗的男女老少们齐上阵，他们夜以继日，苦挖苦干，用挖锄、刨锄等原始农具，甩开膀子，迈开大步，挖出来的泥土，大人们用箩筐装，孩子们则使用箢篼盛，硬是一步步移高就低，像勤劳的蜜蜂不辞辛劳地建设自己的家园一样，共计改造了一千六百亩的"烂泥田""白鳝泥田"等。整个战旗的农田也由原来高低不平、大小不一的小丘、小田变成了方方正正的农田。

走在这方方正正的农田中间，宽阔的机耕道两旁是成行的桉树，抬头望去，头顶是蔚蓝的天空，一朵朵白云棉花般在空中悠悠飘荡，村民们的心一下子就亮堂了……

改土改田这一项史无前例的集体行动让战旗人实实在在地感受

到了组织的力量，第一次感受到了自己身上原来就潜藏着无穷无尽的力量与智慧，这就形成了宝贵而独特的精神财富。随着时代的发展，这种精神财富赋予了战旗人更多的智慧和力量。

然而改土改田只是迈出了战旗发展的第一步。熟知农村生产生活的人都知道，水利是农业的命脉。战旗虽然地处都江堰精华灌区，而且紧紧挨着柏条河，可是要把水从河引到沟、由沟引到渠，再由渠引入田里灌溉，没有人力，是万万不可能的。

1972年4月，也就高玉洪拾金不昧的那年春天，战旗大队民兵连这支队伍正披星戴月地战斗在挖渠引水的工地上，让战旗人至今谈起来仍自豪不已。

那是如火如荼的岁月。民兵连奉命要啃下一块硬骨头：从柏条河挖渠引水到狮子湾，建设一个电站。这块骨头可不好啃，没有挖土机，没有拖拉机，手里的工具只有锄头、筐篓，而且还不能丢下田里的农活，然而战旗民兵硬是靠肩挑背磨，农忙不下火线，苦干几个冬春，在平地上挖出了长达3.5公里的水渠，将一渠活水引到了狮子湾！

俗话说：不会做鞋，旁边有样。看见民兵们没日没夜地在田野里劳作，那些心里有牢骚的村民实实在在地被感动了。人前人后，罗会金再也没有听到一句"怪话"。

与此同时，一些感人的事迹也涌现了出来。

汤顺安就是其中最为著名的人物。

1965年时，人称"汤四爸"、75岁的汤顺安不但没有在家含饴弄孙享清福，反而老当益壮，担任了柏条河支渠管理委员、公社人民代表和金星大队管水大队长等职务。

早在1952年春，在群众的推荐下，汤顺安当选为龙口堰的堰长，接管龙口堰。龙口堰在柏条河中引水，灌溉着包括战旗在内的众多田地。从都江堰分流出来的柏木河在枯水和洪水期间水量悬殊是很大的。作为拦河大堰，龙口堰的坝顶比河底高2米，为了便于泄洪，中间还留有活动闸门，用四米长的木板关上，每一次扯拉堰板非常费力，如果在洪水期，一不留心还有生命危险。汤顺安自担任堰长以后，每当洪水到来的时候，不管白天还是黑夜，不管狂风暴雨，总是亲自带上几个小伙子出马去扯堰板。有时来不及叫人了，他一个人也去干起来。

"每隔三五天，汤大爷就要从灌县柏木河口起，对全河各分水堰进行一次检查，平均下来，他一天要走一百多里路，但每一次看到他，都是精神饱满、干劲十足的样子。"高德敏回忆说。

进入"红五月"的双抢时节，一方面要及时把油菜、小麦收回家，另一方面又要及时把秧苗插下去，为了不误农时，汤顺安还曾在沟边歇了两夜。最令人称道的，是他冒着危险为一户群众解决粪坑冒水的事。那一年，这户群众的粪坑直冒水，眼看两头大肥猪的粪水没法接上，怎么办？

要知道，那时候没有化肥，这些农家肥都是种庄稼的上好肥料——所谓庄稼一枝花，全靠粪当家。当汤顺安得知这一情况后，联想起平时龙口堰头漏水能用黄泥石灰及时堵住，脑海中顿时冒出了一个想法：粪坑冒水，用这个办法估计也行。于是，他一面叫人把粪坑担干，一面着手准备黄泥石灰。围观的群众从来没有见过这样的事，都用怀疑的眼光看着他操作，结果汤顺安用自己的土办法顺利地堵住了漏水，"汤四爸"补粪坑冒水的消息在全大队一下就传开了。

就这样，战旗人通过自己的努力，以民兵连为基础，高举红色战旗，很快就改变了建村之初一穷二白的面貌。"军队作风对我们战旗大队影响很大，村民们的积极性也起来了。在大队成立一两年后，在全大队群众的共同努力下，我们基本上粮食就够吃了。"谈起往事，罗会金说。

除了男子汉，妇女们也在田野间忙碌不停。当时，战旗大队妇女劳动力的出勤率达到了百分之九十，她们一改传统农村妇女只在家喂猪、煮饭、带孩子的生产、生活习惯，不光像男子汉一样投入农业劳动中，很多人还报名参加了民兵，一手持枪，一手拿镰，个个英姿飒爽，显得格外精神。

女民兵们的表现让人刮目相看。以1973年为例，那一年"大战红五月"时，整个战旗大队520亩小麦，她们组织起来，只用了一天半就割完了。

小春刚刚结束，又打响了栽插大春的战斗，割完麦子，她们又马不停蹄地投入了插秧的劳作中。"男民兵要赶犁水田、运施底肥，其他的活路全部由女民兵承担。女民兵们不怕苦，不怕累，白天干其他活路，晚上打着灯笼、火把扯秧子，有时候要干到深夜一两点钟。"

2022年7月，在郫都区一个花木葱茏的小区里，谈起当年参加"大战红五月"时劳动场景，李世炳的妻子陈庆碧依然记忆犹新："那时候他（指李世炳）在忙大队上的事情，成天不落屋，家里的活路都甩给了我。我们五队的田很多都是下湿田改造出来的条田，比起大部分都是油沙田的二队和八队，产量低了一大截。要想撵上人家二队和八队，要麦子、谷子打得多，只有狠命干。我又在生产队当妇女主任，更要做表率，常常忙得来连饭都吃不上，经常中午回家，揣一块煮红苕或者灶膛里烧的洋芋就朝田里跑。"

那时候，李世炳家里共有七个人，养了八头猪，每天光猪食都要煮三大锅。家里家外一起忙，以致生小女儿的那天，到晚上十二点陈庆碧都还在田里扯秧子。

还有当时的大队妇女主任蒋志珍。"那时候我们的干劲儿真是大得很……"谈起往事，当年被称为"战旗李双双"的妇女主任蒋志珍感慨地说。蒋志珍在家里排行老五，前面四个都是姐姐，她出生的时候，奶奶一看又是一个"赔钱货"，脸一沉，差一点将她溺死……幸亏那时候解放了，旧时代农村溺毙女婴的做法被人民政府明令禁止，于是蒋志珍活了下来。1965年，初中毕业的她因为家庭困难，回到了战旗大队，开始像全劳力一样投入农活中，后来又负担起了村里的妇女工作,成了女民兵们的带头人。

"1971年冬,我们抽调了100名民兵组成改渠突击队,负责全公社(即先锋公社)开凿横山支渠中一项艰巨的任务。民兵们不怕苦,不怕累,不怕脏,箢箕装满了泥土,女民兵就用双手捧;雨天路滑,大家就用人传,终于克服了困难,提前半个月完成了任务……"

行文至此,我不由得想起了一句话:激情燃烧的岁月!是的,那时候的人们,虽然物质贫乏,然而骨子里却迸发出一股让人敬仰的奋斗精神。比如全国闻名的河南林县的红旗渠工程。为了解决千百年来一直困扰着林县发展的水旱问题,生活在太行山中的人们行动起来,他们把自己悬挂在险峻的峭壁之上,手挥铁镐,从1960年2月至1969年7月,用了近十年的时间,硬是凿出了一条清水长

▼ 就是用这样的农具,战旗村群众战严寒、斗酷暑

流的水渠，这战天斗地的精神像一团火，让这些普普通通的庄稼汉们削平了1250座山头，架设了151座渡槽，开凿了211个隧洞，修建了各种建筑物12408座，挖砌的土石达2225万立方米！

不能否认，与红旗渠的艰险程度和浩大的工程量相比，当时战旗大队的人们所付出的劳动显然要逊色许多，然而，这其中所蕴含的精神却是相通的。

这，是不是值得今天的我们离开书斋，到广袤的田野上行走，去观察，去深入人们实实在在的生活中进行一些深层次的思考？毕竟，中国在发展中涌现出来的许多问题，还得依靠我们中国人自己去解决，而战旗村那股子敢于奋斗、善于奋斗的精神，正是从我们生活的这片土地上迸发出来的。

三

城墙高万丈，鲁班制梁棒。
土工上高墙，石工把山上。
玉石要打方，墙足安稳当。
大家来踩梁，一踩子孙旺。
二踩谷满仓，三踩中金榜。
四踩富贵长，五踩主家红四方。

尽管天边的云还一层一层地翻涌着，但风却在夜空中吹出了一抹清辉的亮色。如果再仔细观察，可以看到那黑沉沉的云朵边已像被谁拿着画笔勾勒出了一道熹微的金边一般。与这淡淡的金边遥相呼应的，则是一弯银白的月牙。许久了，它一动不动地挂在西边的天际上。

▲ 跨越世纪的见证：战旗村村史馆

这时候,一阵噼噼啪啪的鞭炮声突然响了起来。鞭炮声惊动了远远近近林盘里的公鸡,也不知是谁家的鸡带头,鸡鸣突然"喔喔喔"地响了起来。随着鸡鸣,大地仿佛抖动了一下,这时候,带着喜腔的男声悠长地回荡在林盘上空,众人一起附和着:

大家来踩梁(呀),一踩子孙旺。
二踩谷满仓(呀),三踩中金榜。
四踩富贵长,五踩主家红四方。(哈哈哈……)

随着这喜气洋洋的上梁歌,通红的晨光似乎即将从云层里透出来。人们抬起头来,向东方仰望着,再过片刻,一轮朝阳就会从云层里喷薄而出,远远近近的竹林、田野、沟渠就会变得金光灿灿。

这是 1974 年冬一个普普通通的清晨,战旗大队一个生产队里一户人家给新房上梁的情景。

十年的肩挑背磨,让战旗村家家稻谷满仓,人人心情舒畅。有的人家劳力多,家里收入就随着集体的收入水涨船高。"大河有水小河满,集体富了家里才有",改土改田完成之后,在战旗大队,经常可以听到这样的顺口溜,人们乐呵呵的。于是,在一些缭绕着叶子烟、摆着龙门阵的农闲夜晚,有的男主人便不再串门,他们沉吟着,坐在灶膛前那长长的烧火板凳上,一只手擎着烟杆,开始在心底盘算着家里所存下的粮食和圈里所养的肥猪数量来。红红的火光映在他们黧黑的脸上,他们的神情显得既有几分不满足,又有掩饰不住的舒心和得意。

是的,战旗人有理由感到自豪:他们这个 1965 年才诞生的川西平原上的普普通通的小村,没资源,没优势,依靠改土改田,到 1975 年,短短九年间,粮食总产量就从 1966 年的 120 万斤,达到了 174 万斤!

没几天，人们就发现，有好几户人家请来了师傅，买回了木材和瓦，要将住了几辈人的泥砖墙茅草房换成青瓦斜檐的瓦房，尽管墙壁还是不得不用祖辈们盖房子所用的传统的泥砖……

从十里八乡请来的泥水匠们操起多年不用的手艺，忙碌在林盘里。随着时间的推移，已经消失多年的上梁歌又在战旗大队响了起来。

新房上梁，主人乐得合不拢嘴，木匠们则拿出了多年的看家本领，大声吟唱着，打从心底里为新房主人感到高兴。随着木匠的吟唱，青色的炊烟在战旗上空缓缓升起，大家抬头仰望着，眼睛里都是掩饰不住的兴奋，仿佛预示着一个新的时代就要到来。

然而建新房的人家并没有想到，那时候，在战旗大队党支部书记李世炳的心里，正酝酿着一个更为大胆的想法。

这个想法，在当时的川西平原，可谓是"平地一声惊雷"。

▲村民杨明长老屋与新居对比

那场大火把夜空的云朵映得红彤彤的。在这片令人眩晕的红云下面,人们呼喊着、奔跑着,一个个装满了渠水的洗脸盆在排成一串的人们手中飞快地传递着,然后被排在最前面人双手一抡,满盆的水"呼"地扑向那正席卷屋顶的熊熊烈焰。

第四章 大家有劲一处使

一

新的时代的确到来了。

1978年,党的十一届三中全会的春风吹遍了神州大地。战旗人敏锐地意识到,一个新的时代来临了。但是,"说到馍馍要米做",这些年来,通过全大队人的艰苦努力,战旗的面貌的确得到了很大改观,然而也只能说是解决了吃饭问题而已,下一步的发展该朝向哪个方向,一时间,大家心里也没有什么明确的目标。

关键时候,又是"战旗精神"发挥了作用。

多年以后,当我们回头去看战旗村的发展之路,就会发现一个令人深思的现象:这个在资源、区位、人脉、产业等方面都不占什么优势的普通村落,每当走到历史的十字路口时,基本都能找到一条符合自己村情实际的发展道路,个中原因或者说奥秘,其实就在于有一个实事求是、根基牢实的党支部,或者说,是村党支部在建村之初便树立起来的"战旗精神"。

那时候,整个中国的农村都处在一场历史的巨变当中。

在1978年,最引人注目的,便是著名的安徽小岗。

这一年,平地一声惊雷,安徽凤阳小岗突然冒出了著名的"十八个红手印",让淮河边这个贫穷荒凉的小小村落就此成为中国农业发展的标志之地。小岗是朱元璋故乡一个小小的村子,20户农家以种稻麦为生。1978年以前,村民年均口粮只有40多斤,除靠国家救济和按月供应口粮,几乎每户都有扒火车去上海、江浙等地讨饭的经历。

1978年夏,当地大旱,小岗夏收后,每人只分得麦子7斤。秋天,几位老人愁坏了,找队干部严俊昌、严宏昌商量办法,提出能不能分着干，不吃大锅饭了。几经商议，为求生存、温饱，18位村民在11月24日夜晚，秘密决定把生产队的田地分给各户自主种植，除保证交足国家、留足集体的，剩下的全是自己的。由于当时分田到户、包产到户属违法之举，风险极大，为此，18位村民在那份视同押上身家性命的"包干合同"上按下手印。如今，这份见证中国农村改革的"生死文书"，已为国家历史博物馆珍藏。

1979年，小岗分田到户了，家家精耕细作，加上风调雨顺，这年大丰收了。社员关友江一家6人这年竟收获水稻8000斤、花生2000斤、山芋2000斤。而小岗这年也获得了粮食大丰收。

如果仔细观察，你就会发现，战旗村的发展模式与小岗村显然有着差异。早在1977年，由于农田水利的建设奠定了坚实的基础，战旗大队粮食产量就已达到历史最高水平，全年增产了67604斤。计算下来，平均每亩净增了206斤，仅中稻一季就达到了916斤，小春作物的小麦、油菜更是获得了全面丰收。之所以把这一同期的数据和小岗做对比，并不是说"分田到户"不好，而是要正视一个客观现实：中国的农村广袤无比，完全可以进行多种发展形式的探索。

战旗村的模式，其实值得我们去深思。

正因为粮食生产问题早已经得到解决，因此，当全国各地都铺开"家庭联产承包责任制"的时候，战旗人却犹豫了。

这个犹豫，还不仅仅是过了"粮食关"，而是早在几年前，战旗大队便静悄悄地开了一个全国先河。战旗大队，成了当时第一个吃螃蟹的村庄。

这个"螃蟹"，叫集中居住。或者换个当时的名词，叫社会主义新农庄，用外村人的目光来看，则是另外一番味道："没想到，战旗大队的农民真的过上了'楼上楼下，电灯电话'的生活。"

二

电话当然是没有的,但楼上楼下的宽敞和一到夜晚便闪闪发亮的电灯却是实实在在地摆在人们的眼前。

事情的由来其实很简单——这一切,都源于一场大火。

1975年,战旗大队的"当家人"换成了李世炳。

说起李世炳,人们的印象就是那一场突如其来的大火,然后大火之后那一句掷地有声的话。

这一场大火的发生,既是偶然,也是必然。说它是偶然,原因在于那时候家家户户都是用稻草、麦草、油菜秸秆作为燃料,因此当天干物燥的时候,稍不小心便会引发火灾。说它是必然,是指当火势一起,因房屋又基本都是用小麦草做顶,很快就会蔓延开去,很难扑灭。

那时候刚收完小春,秧苗也刚刚插下去。秧苗有个特性,一沾泥土便定根。不到一周,初夏的风一吹,战旗大队的田野上便像地毯一样铺展开了一层绿浪,人们的眼里燃起了丰收的希望,忙碌了整整一个月的身心顿时松懈下来,这个时节,正是难得的农闲。然而也有人闲不住,在竹林深处斑鸠的咕咕声中,老一辈的男人手舞弯刀,开始用竹子编制起农具来。他们先将竹子变成篾条,然后又将篾条编织成鸳篼……一般来说,砍竹、划篾这样的活路,都由男人动手,女人们则充分使用自家的巧手,将那一条条精细的篾条编成各种日常用具。

就在人们悠闲地享受这富含农家情趣的劳作时,一场大火猝不及防地燃了起来。

"那时候没有防火意识。小孩子们也喜欢耍火。因此,要说那一场大火到底是咋个烧起来的,恐怕永远都不会弄清楚了,但有一点可以肯定,就是那场大火让战旗大队损失惨重。"2022年7月,谈起当年的那场大火,83岁的李世炳说。

战旗村的老人们记得很清楚,那场大火把夜空的云朵映得红彤彤的。在这片令人眩晕的红云下面,人们呼喊着、奔跑着,一个个装满了渠水的洗脸盆在排成一串的人们手中飞快地传递着,然后被排在最前面的人双手一抡,满盆的水"呼"地扑向那正席卷屋顶的熊熊烈焰。

这场火几乎烧了一整夜,当大火终于被扑灭时,又一轮朝阳从天边升起了,还不到四十岁,然而鬓角已闪耀着白发的党支部书记李世炳眼含热泪,一动不动地站在被烧成灰烬的大队部面前。

李世炳身后,站着上百名党员和群众。与大火搏斗了一整夜,他们衣衫凌乱,打着赤脚,每个人的脸上都像被漆黑的烟灰涂抹过一样,疲惫而焦虑的眼睛里布满了血丝。谁也没有想到,这场大火不光把大队部的办公室烧成了焦土,就连与之相邻的保管室、饲养场也都变成了断垣残壁。一片寂静中,只有那头从牛棚里拉出来的老水牛慢悠悠地啃着地上的青草。有人抬起头来,深深地吸了一口气,忽然眼睛里涌出了再也控制不住的泪水:这空气里,分明还有保管室里存放着的麦子的香味呀!只是这香味,却是焦糊的,让人心里憋得难受……

人们再也忍不住了,顷刻间,抽抽噎噎的声音在现场响成一片。

这时候,李世炳缓缓转过身来。阳光打在他鬓角那一缕透亮的白发上。一夜之间,他额上的皱纹仿佛又增加了几根,他似乎突然老了几岁,然而当他抬起头,迎向金灿灿朝阳的眼睛里,却分明有着一股勃勃的英气。人们渐渐止住了哭声,带着期冀的神情,看着眼前这个"当家人"。李世炳用坚毅而冷静的目光在每个人的身上巡视了一圈,沉吟片刻,开口说道:"烈火成灾何所惧,战旗地上绘新图！"

连李世炳自己也没有想到。多年以后，他当时脱口而出的这句话成了战旗村村史上人们念念不忘的金句之一，也成了战旗精神的生动代表。

作为新中国成立后战旗村的第一批初中生，四个月前，当李世炳从罗会金手里接过战旗大队的"接力棒"时，心里就有着清醒的认识：战旗大队的"魂"在于一个坚强有力的党支部，别看只是那么三五个人，可是一旦大家有劲一处使，就没有办不成的事！

大火过后，李世炳一边带领大家继续修沟、修渠、改造低产田，一边进行反思，他产生了一个念头：假如办公室和保管室、饲养场不是草房，这次的火灾损失会有这么大吗？

带着这个念头，他去请教了村里的一些修房造屋的老辈子"泥瓦匠"，更加坚定了自己的看法：是的，如果是砖瓦房，当火苗从房顶上蹿起，只需几个汉子蹬蹬蹬爬上屋顶，伸出腿来，迅疾将屋顶上的瓦蹬掉，大火就会被压住，而不会风助火势，形成火龙向四周蔓延……

"心里后悔呀。早知道，就该一咬牙，把办公室那一排茅草房都换成砖瓦房。唉！"然而更大的后怕却由此萌生了出来。火灾过后的那一段时间，李世炳带着大队部的干部们到各生产队去检查火灾隐患，却发现，几乎每个生产队的保管室都是茅草房，更别说那为数众多、连绵成片的村民们的一排排住房。当青色的炊烟在这些茅屋顶上袅袅升起，他再也无心欣赏这如画的美景，眼前升起的，竟然是一片如火的红云。

李世炳再也坐不住了，没日没夜，他内心始终像有一只蚂蚁在爬，搞得他吃不香、睡不好。

半年过后，当1976年年初那料峭的寒风吹拂在川西大地上时，李世炳从山西风尘仆仆地回来了。他没有回家，而是直接到了大队部，召开了一次党员会议。当大家聚集在办公室里，看着李世炳缓缓打开一个口袋时，全场的人都惊住了。他们万万没有想到，从那个小小的麻布口袋里倒出来的不是什么山西的老陈醋、山药蛋等土特产，而是两块又尖又硬的不成形的石片，然后是一大堆干巴巴的泥土。

那是怎样的一堆泥土呀！颜色枯黄，看上去更像一堆被晒得干巴巴的牛粪，而且经过了长途跋涉，原本该凝结成块的泥巴已经散乱开来，铺在桌上，就像一堆枯萎了的黄叶。李世炳没有说话，只是把这堆泥巴抓到手心里，只见他五指一捏，指缝间便簌簌地漏下一层泥沙来。

就在大家目瞪口呆的时候，李世炳说话了："同志们，你们觉得这些泥巴比起我们战旗大队的泥巴如何？"

会议室里顿时响起了一片议论声。

"这算什么泥巴呀！我们的是黑泥巴，插根筷子都能发出芽来，长成一片竹子！"

"这也是黄泥巴，但好像和我们这边的黄泥巴又有点不一样。"有人皱着眉头，若有所思。

"对呀，横山子那边就有黄泥巴，但比这个水分多。"

…………

就在大家东一言西一语的时候，李世炳说话了，声音显得既沉重又激昂："对的，这是黄泥巴。但这不是一般的黄泥巴，准确说吧，这是从石头缝里刮出来的黄泥巴！"他顿了顿，加重了语气，"但就是在这样的泥巴里，人们硬是抠出了粮食！抠出了一亩又一亩的绿油油的玉麦！"

大伙儿顿时愣住了。玉麦，那是大家再也熟悉不过的粮食了，不就是北方俗称的苞谷吗？在川西平原，苞谷不能算主食，每年七八月份，当套种在水稻田边的苞谷成熟的时候，人们都会掰下几棒，用白水煮熟了尝尝鲜。就是在那几年肚子填不饱的时候，大家用作主食的，还是大米和麦子。

猛然间，李世炳的声音激动起来，他拿起那两块石片："同志们，这些黄泥巴能够长出玉麦，全靠这石片呢。如果没有它们砌成的堡坎，一下雨，石头缝隙里的黄泥巴就会被冲得干干净净！别说种玉麦，就连茅草都长不出来！"

整个会议室顿时鸦雀无声了，人们都惊住了：竟然还有条件这么差的地方！

这时候，人们仿佛才突然想起来，他们的书记李世炳不就是刚刚从山西昔阳那边考察回来吗？难道就是这个地方？李世炳目光如电，缓缓地从每一个党员脸上扫过去："以前，我也认为我们战旗大队条件差，什么冬水田呀、下漕田呀，可是这次我才明白，比起人家来，我们和他们可以说一个在天上，一个在地下。同志们呀！"李世炳的拳头举了起来，满脸通红，"你们说，我们还有什么资格不努力！"

迟疑片刻，会场上响起了热烈的掌声。

2022年7月12日，才上午九点半，窗外已是烈日当空。连续多日的高温炙烤得成都平原一片火热，人们纷纷躲进了空调房，进到了山里的农家乐。大街上几乎见不到行人，只有一辆辆开足了冷气的车辆飞快地驶过。

在李世炳家并不宽敞的客厅里，当83岁的老人家口齿清晰地向我讲起这一段往事时，我不禁想问我自己一个问题：如果时空转换，我穿越到那个贫苦的乡村，成了生活在那里的一个普通农民，面对如此恶劣的生产、生活环境，我能迸发出那一声声激越的呐喊吗？我能挥舞着镢头，冒着烈日，顶着刀子般刺骨的寒风，从漫山遍野的石头缝里把一块又一块梯田造出来吗？

我摸了摸自己羞愧得发烫的脸颊，不敢回答。亲爱的读者，你能回答这个问题吗？

三

1976年春节刚过,迎着凛冽的寒风,李世炳带着一群大队干部和十来个民兵向几公里外的横山子走去。他们此行的目的,是去横山子深处一个叫凤凰嘴的地方,用铁镐、凿子等原始工具,开采一批石条回来,用来作为将来修房子的基石。

关于战旗大队要修建的房子的模样已经在李世炳和大队部几个领导的脑海里规划成形:要建城里面机关单位那种一楼一底的楼房,墙面一砖到顶,室内的地面打成干净、整洁的三合土,不能再是一下雨就冒出草芽的泥土地面,二楼和底楼之间,用加了钢筋的预制板!

至于房子建在哪里,李世炳心里有数:就建在唐宝路边上,要让来来往往的行人一眼就看到,要让他们看见,战旗大队的人住上了楼房!

不光如此,在这排楼房的旁边,还要建幼儿园、学校,还要设菜市,让大家割肉不用再跑几公里到唐昌镇上去,在家门口,就可以割到那香喷喷的五花肉、肥嘟嘟的"坐墩儿"……对了,吃饱喝足了,大家还应该有精神娱乐场所,斜对着学校的地方,应该建一座电影院,让大家不用跑几公里到横山子的干校去看坝坝电影……

这已经不仅仅是修几栋楼房,改善居住条件那么简单了,按照这个构想,不就是我们在中国大地上到处都能见到的社会主义新农村的一幅美丽的画卷吗?

然而现实很快就给了李世炳迎头浇了一瓢冷水。

"就在我们把石条开采并运回来之后才发现,这只是万里长征走完了第一步，前面还有无数的困难在等着我们。砌房子的砖头在哪里？如果继续用祖先盖房子用的泥砖，能承受住楼房的重量吗？还有预制板，最重要的，盖楼房得用钢筋，没有钢筋，靠竹竿、木头支撑？恐怕那楼房一盖起就得'哗啦啦'地垮掉！"

艰难时刻，战旗民兵这面旗帜所产生的社会效应为李世炳解了围。当得知战旗大队要建设社会主义新农庄，县上立刻帮他们想办法，在当时钢材紧缺的条件下，给了战旗大队半吨钢材，后来经过多方协调，省级某单位又给了五吨，这样，加上位于横山深处的省"五七干校"之前支持的半吨，战旗大队第一次有了六吨钢筋。

当拖拉机把这来之不易的六吨钢筋拉进大队部前的空地上时，整个战旗大队都沸腾了。

作为地基的石材有了，钢筋也有了，然而楼房还是建不起来，为啥？

缺砖。

砖在哪儿呢？

在很远很远的工厂里。不仅远，而且因生产量小，供不应求，像战旗大队这样的农村地区，基本买不到。

那天傍晚，李世炳一反常态，第一次在天断黑前回到了家里。妻子陈庆碧正在灶上忙着给圈里的几头架子猪煮猪食，看见他回来，晓得他也不会搭手帮自己一把，也就懒得搭理他，谁知李世炳却主动坐到了灶膛前的烧火板凳上，用火钳夹来一束稻草，放到了灶膛里，本来已经火光暗淡的灶膛顿时燃起了明亮的火焰。陈庆碧顿时生气了："锅里的猪食都煮好了，你还烧火干什么？再烧，把锅都要烧穿了！"

李世炳突然眼前一亮："你说什么？"

陈庆碧没好气答道："我说你再烧就要把锅都烧穿了！"她话音刚落，李世炳猛然一拍脑袋："对呀，我怎么就没想到呢？"说完，也不跟妻子说，大踏步就跨出门去。望着丈夫在暮色中逐渐远去的身影，陈庆碧大惑不解。她无奈地笑了一下，耳边又传来猪们嗷嗷直叫的声音，急忙回转身，又在灶上忙碌起来。一边忙，一边有点气恼地想，如果不是大队规定每个人每年养猪的数量必须达到1.2头，自己会有这么忙吗？按照这个比例，她家三个娃娃，两个老人，加上自己和李世炳，每年最少就得养8.4头猪。事实上，这几年一养就是十多头，没有猪草，圈里那些一到进食时间就嗷嗷直叫的猪们最喜欢吃的就是胡豆秧子。为了种这胡豆秧子，自己还得带领生产队的妇女们去田埂上、机耕道边，甚至沟边河边铲巴地草，然后把麦壳子和着铲下来的草皮沤在一起，加上氨水，再担到田里，用作种胡豆秧子的肥料。有一次，正埋头铲着巴地草呢，自己突然头昏眼花，一头栽倒在地……把这些说给丈夫听，可他只是轻描淡写地说了一句，不养猪，哪里来的肥料？哪里来的集体资产？

事实上，养猪增肥、增加集体资产这个事情，在蒋大兴时代就开始了。从蒋大兴开始，经过第二任书记罗会金，再到第三任书记李世炳，战旗大队一直要求每户人家要多养猪，这样既为庄稼积累农家肥，又可以增加集体经济收入。经过一番动员，1966年2月底，战旗大队养猪合计806头，人均0.83头；到了1973年，战旗大队共养猪1591头，人均数量1.23头，成了当时先锋公社养猪数量最多的大队。

实际上，从罗会金开始酝酿，李世炳接着实施的修建社会主义新农庄的计划，其资金很大一部分就是养猪换来的。

陈庆碧埋怨归埋怨，然而当她看着丈夫头上过早呈现的缕缕白发，也理解了他的抱负和难处。

四

那天晚上，妻子陈庆碧无意当中的一句话点醒了正因为买不到砖而急得焦头烂额的李世炳。走在通往大队部的田埂上，他依然为此激动不已："砖是怎么做出来的？烧出来的呀！"

以前只知道埋头到成都的各个砖厂去找人买砖，好话说了一箩筐，人家也不领情，经常落得个热脸贴冷屁股。现在明白了，砖不就是烧出来的吗？你看成都那些生意红火的砖厂上空，哪一家不是浓烟滚滚？

李世炳越想越兴奋，他头脑里的蓝图已经越来越清晰，与其去买砖，不如战旗大队自己办个砖厂，来个自给自足，免得四处求人，多好！

李世炳当然没想到，就是这个灵光一现的想法，以后竟催生出了战旗村的十多家村办企业，从而为战旗村的第二次崛起奠定了坚实的基础。

"纵观战旗村的发展历程，可以梳理出四次崛起。"2022年4月，在战旗村村委会的会议室里，高德敏对我说，"第一次崛起，是蒋大兴、罗会金两位书记在任期间，他们改土改田，大兴水利建设，倡导养猪、养蚕，种油菜、麻等经济作物，解决了吃饭问题；第二次崛起，是李世炳、杨正忠、易奉先、高玉春这四任书记在任期间，他们从办机砖厂开始，紧紧抓住'无农不稳无工不富'这个要诀，滚雪球一般办起了十多家集体企业，为战旗村的集体经济积累下大笔财富；第三次崛起，是李世立担任书记期间，通过企业改制和集中居住这两大举措，既保住了战旗村的集体经济资产，更推动了农工商三位一体的发展态势；第四次崛起，就是总书记来过战

▲战旗村部分企业生产场景

旗村之后，战旗村的名字走向了全国，也让战旗村从红色战旗、金色战旗步入了绿色战旗时代……"

然而时光倒退回到1975年，当李世炳脑海中闪过建一个砖厂念头的时候，他只兴奋了三分钟。三分钟之后，他又深深地沮丧起来。

困扰着他的，有两个问题，第一，是到哪里去找机器？第二，烧砖需要泥土，战旗大队本来良田就不多，难不成，把田里那绿油油的水稻都扯了，然后取土烧砖？

无边的苦恼向这个虽然名为大队书记，实际上仍然是个庄稼汉的中年男人扑来。他一屁股坐倒在地，仰面望着那布满星辰的深邃夜空，眼角不禁沁出大滴大滴的泪水：在这片广袤的土地上，一个农民、一个村庄要想办成一点事，改善一下自己的生活环境，是多么的难呀！

一轮圆月洒下清辉，在空中的云层里慢慢行走着。李世炳就那样躺在田埂上，仰头看着月亮，回想着自己这三十五年来的人生历程：和蒋大兴、罗会金相比，自己虽然是生在旧社会，但却是实实在在地长在红旗下。蒋大兴是佃农，如果不是新中国成立，也许他现在还是家徒四壁，穷无立锥之地；同样，如果不是在新社会翻身做了主人，罗会金其实已经打算放弃务农这条路，准备去学木匠。而自己呢，如果没有解放，1952年已经十一岁的自己恐怕也进不了学堂，那就更加谈不上后来担任民办教师、大队会计，然后又担任了战旗大队的书记。眼下，通过这十多年的努力，全大队无论是粮食产量还是集体经济收入在全公社都已经名列前茅……他想着想着，感觉力气又回到了身体里，一个翻身猛地坐了起来，然后拍一拍屁股上的泥巴，大步流星地向杨正忠家里走去："三个臭皮匠顶个诸葛亮。我就不信，还找不出个办法来！"

事情往往是这样，当看似山重水复疑无路的时候，转过一个拐角，眼前却是柳暗花明又一村。没几天，通过民兵连，原成都军区后勤部支援了战旗大队三台制砖机。抚摸着制砖机的钢铁"身躯"，李世炳心里涌起阵阵暖流。

制砖机的问题解决了,处于横山子深处的省干校也派技术人员前来协助制作预制板,现在,万事俱备只欠东风了:找可以烧砖的泥土。

那天晚上,当李世炳踏着露水走进罗会金家的时候,罗会金也没有睡觉。此刻,这个同样在田里摸爬滚打了大半辈子的庄稼汉正双手托腮,坐在灶房里,眉头时而紧皱,时而舒展,望着桌上那盏昏暗的煤油灯呆呆出神。

▼ 战旗村集体企业之一满江红豆瓣厂

两个人是多年一起搭班子的老伙计了，相互间也不需要过多的言语。看见李世炳两只被露水浸得湿淋淋的裤腿，罗会金急忙伸出手，弹掉一朵灯花，灶房里顿时明亮起来。

当李世炳把自己的苦恼向老书记一股脑儿倒出来的时候，罗会金忽然笑道："老李，这个事叫远在天边近在眼前。"

李世炳一愣。罗会金哈哈一笑，"噗"地吹灭了油灯，说："到院子来看看吧。"说完，迈步跨出门去。

李世炳回过神来，走到院子里，罗会金把手向远处一指："看。"

李世炳抬头望去，只见清凉的月光下，一道山峦蜿蜒起伏，在视线尽头勾勒出黑黝黝的山影。

这，就是横山子（横读音为 huán，有环绕和横亘之意）了。

横山，是郫都区境内唯一的一座山丘。其实，与其说它是山，不如说这是横在郫都百里平原上的一道丘梁。据明代《四川总志》及旧《崇宁县志》记载，横山，又称"铁砧山"，当地人按照自己的方言发音，一般都称之为横山子。这一道丘梁位于郫都西部，地跨郫都区唐昌镇的先锋、竹瓦两个村，和都江堰市的崇义、天马两个乡镇，全长约 4.5 公里，宽约 1 公里，海拔在 630~653 米。

在历史上，横山曾经在成都附近赫赫有名，三国时期，它因为山形地貌，是蜀汉丞相诸葛亮用来锻造兵器、操练士兵的场所。

值得一提的是，以一字长蛇阵的形状横跨都江堰市和郫都区两地的横山，曾经盛产瓷碗。据考古发现，横山子里曾经有三十多处窑址，年代大约在隋唐五代十国时期，停烧于宋末元初时期，大概是毁于入川的蒙古铁骑蹄下。其出土的各种碎瓷片，最多的是瓷碗，胎呈红褐色，上施釉，还有五六个角的圆形支钉和垫圈，是烧瓷器的支垫物。经与大邑、邛崃所出土的瓷器比对，横山子古窑址的器物，胎质细而坚硬，器壁略厚，内胎断面以灰白色为主，扣之发音清越。其釉为釉下彩，光亮润泽，有玻璃质感。

专家们认为，横山子古窑址生产的陶瓷与邛崃窑址生产的陶瓷风格相近，属于邛崃窑系。

那已经远去的横山古窑埋在了历史的尘土深处，然而时代的惊雷即将把它们唤醒。这一次，因了特殊的土质和时代的呼唤，它们将成为战旗大队在新时代里工业发展的坚实基础。

李世炳小时候其实是听过关于横山子曾经烧过瓷碗的事的。如果不是因为要修房子，而修房子又需要砖，恐怕那年深日久的关于横山窑的往事已经湮灭在了他的脑海里。

然而，这横山子虽然是近在眼前，但问题解决还是远在天边。李世炳抬头望着罗会金，罗会金的眼里闪过一丝笑意："办法总比困难多呀。"

那天晚上，经过一番深思，李世炳终于想出了一个土办法，籴田。换句话说，就是用战旗大队的良田去置换横山子的山地。这个置换，在川西平原的方言里叫"籴"。

关键时刻，古老的农耕智慧在这些庄稼人的身上又一次发挥出了它神奇的作用。

"那时候因为战旗大队没有山地嘛，要挖土烧砖，只得向隔壁横山子的园艺村去籴田。李世炳书记他们反复征求了党员们的意见，最终决定以七分良田换一亩山地的比例，在横山脚下换来了二十多亩地。这样，战旗大队的第一个村办集体企业就建起来了。"2022年7月，70岁的战旗村第七任书记李世立向我介绍了当年机砖厂创办的过程。

泥土是神奇的。在我们这个国度，它以黑、黄、红等色彩呈现，让万物的根须深入自己的躯体，向着阳光生长，然而却总是默默地被我们踩在脚下。现在，横山子的山泥土穿过火焰，又来到了战旗大队的第一个农民集中居住区里。

这个集中区堪称一个创举！完工后，就有17户87人先期入住，为多年以后战旗村集中修建村民别墅区探索出了一条可行之路。

五

修建了首批村民集中居住区之后，时间转眼就到了1982年，战旗大队也开始着手推行已延宕了一年的家庭联产承包责任制。1981年，当时全国范围内开始实行包产到户，但战旗大队只有三户人家签订了合同，时间也就延迟了一年。不能再拖了，然而战旗大队的做法，却和其他地方不太一样，准确地说，是他们根据本村的实情，制定了非常翔实的措施。这个措施所

取得效果,用后来专家们的说法,叫作"分田不分心"。

实际上,当时的中国农村经过多年"大锅饭"的集体生产、集体决算,田分给农民自己种了以后,一些农村的基层组织一下子不能适应这一新情况,出现了"干部不知道管啥、群众不需要干部去管"的局面。这一现象所引发的思考,在当时的许多文学作品里也有反映,譬如四川作家周克芹的短篇小说《山月不知心里事》里一群农村年轻人的烦恼,小说里,年轻的主人公"容儿"忙完了一天的农活,准备出门去找同龄人,却与母亲爆发了一场冲突——

母亲蹲在门口切猪草,抬起头来看,不由皱了眉。问道:"又上哪儿去?""出去。"容儿这样说。"出去干啥子?"母亲站起来了,手上拿着菜刀,直挺挺地站在门当头:"黑天黑地的,不上床睡觉,

▼郫县豆瓣博物馆

▲ 战旗村企业生产场景

还出去东串西串的?"嫂嫂忙说:"娘,人家有事情嘛!""啥子事情?"母亲的声音很大,"如今各家各户做庄稼啦,还要你们管什么闲事?不开会,你是过不惯么?"

然而战旗大队的实际情况却有些不一样。

实际上,战旗大队互助合作的优秀传统由来已久,早在1952年7月,战旗大队的前身集凤大队的杨洪发等人就发起了星星互助组。民主选举了组长周继尧、副组长杨定禄、指导员杨洪发、记工员易乃金。这个互助组计10户,人口46人,劳动力26人,田98.112亩,牲畜:猪31头、牛3头,主要农具:拌桶7个、晒席57床、犁耙各8架、箩筐32挑。在这10户人中,周国良、周炳成、江志卿3户缺乏劳力。从星星互助组拥有的农具来看,他们的生产力虽然较过去有了进步,但依然是非常薄弱的,然而一旦组织起来后,每亩平均产650斤,比上一年多收80斤左右。其中,杨洪发1.53亩田,收干谷子1232斤,每亩平均805斤,是全组产量最高的田……

既然互助合作在战旗大队由来已久,且这么些年经过改土改田、办集体企业、尝试集中居住等已经让大伙儿日子过得舒心,那么,为什么要放弃这个优势呢?然而分田到户却是不能不实施的,毕竟,这是国家的政策,也是大势所趋。

那么,就让我们来看看这群庄稼汉是如何用自己的"土办法"来解决这个让人感觉两难的问题的吧。

首先出台了奖赔措施。为了充分调动大家的积极性,战旗大队出台了超产奖励办法,要求干部要把粮、油、钱、人的包产指标同基本补贴工分挂起钩来,多奖少赔,纠正"吃大锅饭"和平均主义的偏向。同时,生产队也对作业组实行定产定工定成本,超产奖、减产赔的办法。每超产一斤粮食奖励五分钱,超产一斤油菜奖励一角五分钱,减产一斤粮食赔偿一分钱,减产一斤油菜赔偿三分钱。

同时,还积极开展多种经营,生产队对养猪、牛、羊、蚕、鱼等养殖业，种菜、药、果等种植业，以及其他副业生产，可以包产到专业组、专业户、专业人员，实行奖赔责任制。对"五匠"和有其他特长的社员，可以组织专业组或采取现金定额交队评工记分的办法，允许他们串乡经营。有条件的生产队可以拿出最多不超过三亩的土地包产到组或户，搞冒尖田，让有种植技能和劳力强的社员来承包，充分发挥其劳动潜力和农艺才能。粮食每亩包产两千斤，经济作物每亩包缴纯收入八百元，在包产数以内定产定工定成本，超短产全奖全赔。

从以上措施可以明显看出，战旗大队虽然实施了"家庭联产承包责任制"，但党支部和大队部并没有完全对社员们的生产撒手不管。相反，他们经过一番深思，将集体优势与社员的家庭情况结合到一起，做到了"分田不分心，大家齐心干"，这就和一些地方的做法形成了鲜明的对比。

实践证明，战旗大队"分田不分心"的办法是切实可行的。到1990年，战旗村的粮食总产量达到了惊人的二百五十二万多斤；然而更加令人惊喜的是，这一年，战旗村多种经营收入也达到了56.99万元，企业产值392万元，其中村办企业达339万元，村办企业利润达29.8万元。

所谓"无粮不稳，无工不富，无商不活"，这是广泛流传在20世纪80年代初中国大地上的一句话，今天看起来，这其实是很简单的常识，然而在当时，却是了不起的思想解放。

现在，让我们重点观察一下战旗村。

前面已经说过，战旗村从村办企业上尝到甜头是从1976年，也就是位于横山脚下的机砖厂投产的那一年开始的。

这家机砖厂，当时取名叫先锋第一机砖厂。

解放前，战旗区域内的人均以种田为生，只有个别的匠人利用农闲搞一些副业加工，主要是竹木加工，做椅子、晒簟等。也有个别人做烧房烤酒，但都属于零散经营，规模很小。而且当时由于生产落后，农村购买力很差，这些都只能以手工作坊的方式存在。

在先锋机砖厂建起来之前，战旗大队也有一些作坊。"那时候的铁器只能加工锄头、镰刀等小器具，也只是'红炉'打造，工艺落后，但是由于匠人手艺较好，打造的刨锄、剪刀等在川西坝子也颇有一些名气。"谈起战旗村村办企业的发展历史，高德敏如数家珍。

先锋第一机砖厂的成功给战旗村带来了良好的示范效应。1980年，由大队贷款20万元，以农户投资劳力的方式，将先锋第一机砖厂原有的曲线窑改造为轮窑，这次技术改造，让机砖厂所生产的产品在市场上供不应求，随即带动了村集体企业的大发展。

谈起那次技术改造，李世立的话语里充满了感情："那是1979年的大春之后，刚刚把田里的谷子割起来，我们四个人就上山了。当时提出了一个目标，叫大干一百二十天，把曲线窑改为轮窑。当过木匠的罗会富当时是机砖厂厂长，他负责工厂管理，我负责计算工分，各个生产队分别出树木等，村民们则以投工、投劳的方式，在从成都市第三机砖厂请来的师傅的指导下，我们开始了技术改造。"

心血没有白费。改为轮窑之后，战旗大队的集体资金迅速增加。经过商量，战旗大队采取"滚雪球"的方式，先是办起了豆瓣厂，然后又创办了"凤冠酒厂"，接着各种村办企业如雨后春笋般破土而出，诸如酿造厂、面粉厂、复合肥料厂、特种铸造厂……最多时，全村共有12个村办企业。然而，到了20世纪90年代中期，这些企业由于市场经济和自身体制等多方面原因，面临改制的问题，于是，又引出了一连串酸甜苦辣的故事……

整个20世纪80年代、90年代，战旗进入了高速发展时期，原来的大队建置改为了村，从此，战旗村这个名字开始走进了许多人的口中。

▲ 战旗村蔬菜合作社收获场景

这期间，几任书记，如杨正忠、易奉先等做出了许多贡献。像杨正忠，不仅重视村集体经济建设，带领大家创办了多家企业，还特别重视教育，多次翻修战旗村学校的校舍；而易奉先，则把战旗村的村级集体企业带入了股份制时代，还成立了战旗村文艺宣传队伍，极大地丰富了村民们的精神生活……

其中，令人印象较深的是第六任书记高玉春的事迹。

这个事迹，是战旗村第一次实施了"公司＋农户"的发展战略，从而把战旗村的农业产业发展带入了一个新的阶段。

那是20世纪90年代初期，如何解决老百姓致富、发展壮大集体经济，成了战旗村党支部的一个重要课题。经过对市场的调查研究，支部发现当时作为酸菜鱼的作料榨菜是市场的紧缺商品。

高玉春迅速行动起来。他同成都市酱腌菜厂的黄茂新技师是好朋友，对于深加工冬菜、榨菜、芽菜在技术上没有任何问题。1992年，高玉春从犀浦引进榨菜种子，1993年谷子打完后开始栽种榨菜。本地土壤气候等非常适合榨菜的栽种，特别是"大抄腰""小抄腰"这样的品种。试种当年就获得大丰收。芽菜亩产2万斤，榨菜亩产4000多斤。芽菜90年代的价格是八分钱一斤。这为当时畅销一时的火锅底料提供了大量的原材料。

1994年开始了榨菜、芽菜的深加工。在黄茂新技师的帮助下，从双流单土地购进了石浆坛子，将石浆坛子放在河边的树林里，石浆坛子透气好，通过晒、露，吸进地气，菜的质量非常高，赢得了市场的欢迎。到1995年，九个生产队的榨菜、冬菜就达到了500万斤左右。战旗村的成功经验，吸引了周边地区，接着都江堰金马、驾虹、崇义，彭县九尺等地纷纷引进榨菜、冬菜等品种进行栽种。榨菜的深加工，也带动了先锋酿造厂的发展，并壮大了集体经济。

高玉春也因此被评为劳动模范，成为郫县第二批拔尖人才之一。

第五章 战旗村的『高加林』

正是多雨的夏季，由于前一天晚上下了大雨，道路泥泞不堪，高德敏刚出村，身下那辆"除了铃铛不响到处都响"的"峨眉牌"自行车的轮子上便沾满了稀泥。他越是用力，泥巴就糊得越多。眼看火辣辣的太阳已升在头顶，他心急如焚，干脆把自行车扛在肩头，硬是一步一步走到了公路上。等到他兴冲冲地赶到学校时，却看见了自己那离高考录取线只差三分的成绩。

一

又到了一年一度的芒种节气，也正是割麦插秧的时节。2019月5月中旬，天时而晴朗，时而又飘下来几点"太阳雨"。这天黄昏，战旗村党总支在忙完了一天的工作后，组织党员代表、积极分子等利用傍晚下班后的时间，到田间地头体验农事劳作。这些年来，由于插秧机、收割机等现代化农业机具的使用，当年的很多插秧能手已经很久没有练过手了，一听要下田插秧，大家顿时兴奋起来。

书记高德敏带头，他挽起裤腿，下到田里，弯下腰，两只手熟练地进行分秧和插秧，动作一气呵成。有人在旁边打趣地喊道："高书记，没想到你还是个插秧能手！"

高德敏哈哈一笑："在战旗村，我们首先要做的，就是当一个合格的农民。"说完，他鼓动大家："有没人敢来个比赛啊，看谁的秧子栽得又快又好。"大伙儿顿时乐了，齐声道："好啊。"

经过三天傍晚的劳动，大家共计插秧15余亩。面对劳动成果，高德敏高兴地对大家说道："只有懂农业才能爱农村、爱农民，才能够真正发自内心地为农村谋发展，为农民谋福利，我们就是要培养出这样牢记宗旨、服务群众的'孺子牛'"。

大伙儿纷纷点头，到渠里洗了手脚，然后在暮色中三三两两地朝家里走去。高德敏却没有急着回家，等大家离开后，他一个人又在田埂上转了转，听着稻田里悠扬的蛙声，他的目光望向远处，变得深邃起来……

"你知道吗？那时候，我就是战旗村的高加林。"2022年春，当高德敏对我谈起他的经历时，冷不丁地来了这么一句。我一下子愣住了。高加林？那不是著名作家路遥的代表作《人生》中的主人公吗？这个高考落榜的回乡知识青年，由于在县城里读了高中，见了世面，向往着城市的生活，不甘心自己一辈子当个农民，过那"背太阳过西山"的日子，一直苦苦地挣扎……

望着眼前意气风发的高德敏，我不由得疑惑起来，他身上真有高加林的影子？

看着我有些疑惑，高德敏笑了，背诵道："近一个月来，他每天都是这样，睡得很早，起得很迟。其实真正睡眠的时间倒并不多；他整晚整晚在黑暗中大睁着眼睛。从搅得乱翻翻的被褥看来，这种痛苦的休息简直等于活受罪。只是临近天明，当父母亲摸索着要起床，村里也开始有了嘈杂的人声时，他才开始迷糊起来。他朦胧地听见母亲从院子里抱回柴火，吧嗒吧嗒地拉起了风箱；又听见父亲的瘸腿一轻一重地在地上走来走去，收拾出山的工具，并且还安咐他母亲给他把饭做好一点……他于是就眼里噙着泪水睡着了。现在他虽然醒了，头脑仍然是昏沉沉的。睡是再睡不着了，但又不想爬起来。"

我点点头，这正是《人生》里面高加林在失去了乡村小学的代课教师这个职位之后意志消沉的一段描写。

背到这里，高德敏长长地叹了口气，说道："当年，我高考落榜后回到战旗村，就是高加林这个样子。唉，人呀！其实那时候我的思想还是狭隘了，表面看来，农村的条件确实不如城里，可是，当我连续四次高考落榜，只得死心塌地地拿起锄头时，这才看清楚，农村真的是天高地阔。"

真没想到，眼前能在总书记面前用四川话侃侃而谈的战旗村党总支书记高德敏竟然曾经连续四次高考落榜！

高德敏是1981年高考落榜的。那一年，18岁的他从郫县三中高中毕业，心中充满了对远方的渴望，一心想通过高考跳出农门，到成都、上海、北京这样的大城市的高校去深造，然后在城里安家，过上祖辈从没有过过的生活。他头脑灵活，成绩一直在年级排前五十名，老师们也挺看好他。然而等到看分数的时候，高德敏傻眼了。

那时候没有网络，看分数需要从战旗村骑自行车蹬几公里路到学校。从战旗村到唐昌镇都是泥巴路，正是多雨的夏季，由于前一天晚上下了大雨，道路泥泞不堪，高德敏刚出村，身下那辆"除了铃铛不响到处都响"的"峨眉牌"自行车轮子上便沾满了稀泥，他越是用力，泥巴就糊得越多。眼看火辣辣的太阳已升在头顶，他心急如焚，干脆把自行车扛在肩头，硬是一步一步走到了公路上。等到他兴冲冲地赶到学校时，却看见了自己那离高考录取线只差三分的成绩，一下子就变成了被冰雹打蔫了的茄子。

"唉，不甘心啊。那一年，我们全校四百多名毕业生，考上了三十多人。按成绩来说，我偏偏就在四十多名，三分之差，就注定我只能回到乡下去拿锄头。"说到这里，高德敏苦笑了一下。

"照我看来，你还得感谢这三分之差啊。要不然，你怎么能有今天的成就？"我笑道。高德敏连连摆手："不是你这个说法。我其实没什么成就，战旗村的一切，首先是党的政策好，其次是全村人共同努力的结果。"他停了一下，"还是继续说当年我这个战旗村'高加林'的事吧。"

高考落榜的高德敏在家里排行老大，他的父亲，就是那位拾金不昧的高玉洪。1981年的高玉洪家里一共有四个孩子，四兄弟晚上睡觉挤在一个房间里，每天晚上，老鼠在房梁上吱吱直叫，让人心烦意乱。作为老大，打小高德敏就带着三个弟弟到田埂上割猪草，回来后还要煮猪食。"大战红五月"的农忙时，个头矮小的他得一早起来，帮着父母割几垄麦子才能回家吃早饭，还得深一脚浅一脚地帮着父亲把笨重的打谷机抬到田里，然后才能赶到学校去念书。这样的经历，随着年龄的增长，让他逃离农村的念头就越发强烈。

第一次高考落榜后，高德敏虽然很伤心，但觉得自己只差了几分，加上老师又上门来做工作，于是再一次跨进了校门，开始了对第二次高考的冲刺。

一年后，他再次落榜。

他已经接近二十岁了，在农村，这就是一个主要劳动力了。再加上当时战旗村已经实行"家庭联产承包责任制"，家里的农活更加繁重。反过来，这种繁重的农活又深深地刺激着高德敏，导致他极端厌恶农活，甚至厌恶起生他养他的这片土地来。他像疯了一样，心里只有一个念头：复读，复读，一直要读到考上大学为止！

1983年，高德敏第三次参加高考，又落榜了。

当年9月，他咬咬牙，头晕目眩地再次走进了熟悉得不能再熟悉的校园。

奇迹并没有发生。1984年，二十一岁的郫县三中"高龄学生"高德敏再一次，也是最后一次落榜了。

"那个时候，真可以说是万念俱灰。就像路遥笔下所写的那个高加林一样，当我灰溜溜地回到战旗村以后，整整一个月，都把自己关在家里，脸不洗，发不理，用我父亲的话说，全身上下简直就像霉得起冬瓜灰。"

通过高考改变命运的道路走不通了，高德敏又想到了去当兵，然而命运又一次给他开了一个不大不小的玩笑：就在体检的头天下午，他因为心情不好，背着父亲偷偷和几个同龄朋友喝了几杯白酒，加上心情紧张，导致第二天体检不合格，当兵的梦，碎了。

高德敏在高考这条独木桥上苦苦行走的时候，1982年，作家路遥的中篇小说《人生》在巴金先生担任主编的《收获》文学杂志上发表了，小说迅速打动了千千万万个生活在农村的知识青年们的心，取得了巨大的社会反响。也就是那个时候，"高加林"这个虚构的人物走进了高德敏的心里，让他多年来一直难以忘怀……

二

高德敏成天蜷在家头,"霉得起冬瓜灰"了!

这个消息像风一样,迅速在1984年秋冬时节的战旗大队的几个生产队传开。很多看着这个小伙子长大的老辈子们都摇头叹息:

"农村的孩子,要脱那身农皮,难啊!"

"都说鲤鱼跃过龙门就能脱胎换骨,可是,这农门看来比龙门还要高啊!"

人们念着高玉洪的好,暗地里都为高德敏着急:

"哪方水土不养人?当农民,也没什么抬不起头的。"

"这孩子挺机灵的,见到人也晓得主动打招呼,很有礼貌。可别因为这道坎就变得东不成西不就啊……"

高德敏已经翻过二十一吃二十二岁的饭了。在农村,这个年龄不仅仅已经是家里的主要劳动力,很多人还已经结婚成家,自立门户,担当起了一个"当家人"的角色。

可是高德敏却像被霜打蔫了的茄子,成天躲在家里,除了饿得不得不走到灶房里吃饭外,别说下田劳动,就是家里的扫帚倒了,他也懒得伸出手去扶一下。

他迈不过自己这道坎:一次高考落榜的,到处都是;二次落榜的,也大有人在;可是有谁见过三次、四次参加高考都落榜了的?早知道不是读书的料,该干吗就去干吗了,也不会让人笑话。但如今,自己不已经成了四乡八里的笑料了吗?

四次落榜,除了说明自己愚蠢之外,还能说明什么?他越想越闷,越闷就越想。当家里人出门劳动的时候,他却躺在床上,脸不洗,饭也懒得吃,头发已经留得老长了也不去剪,就那么呆呆地望

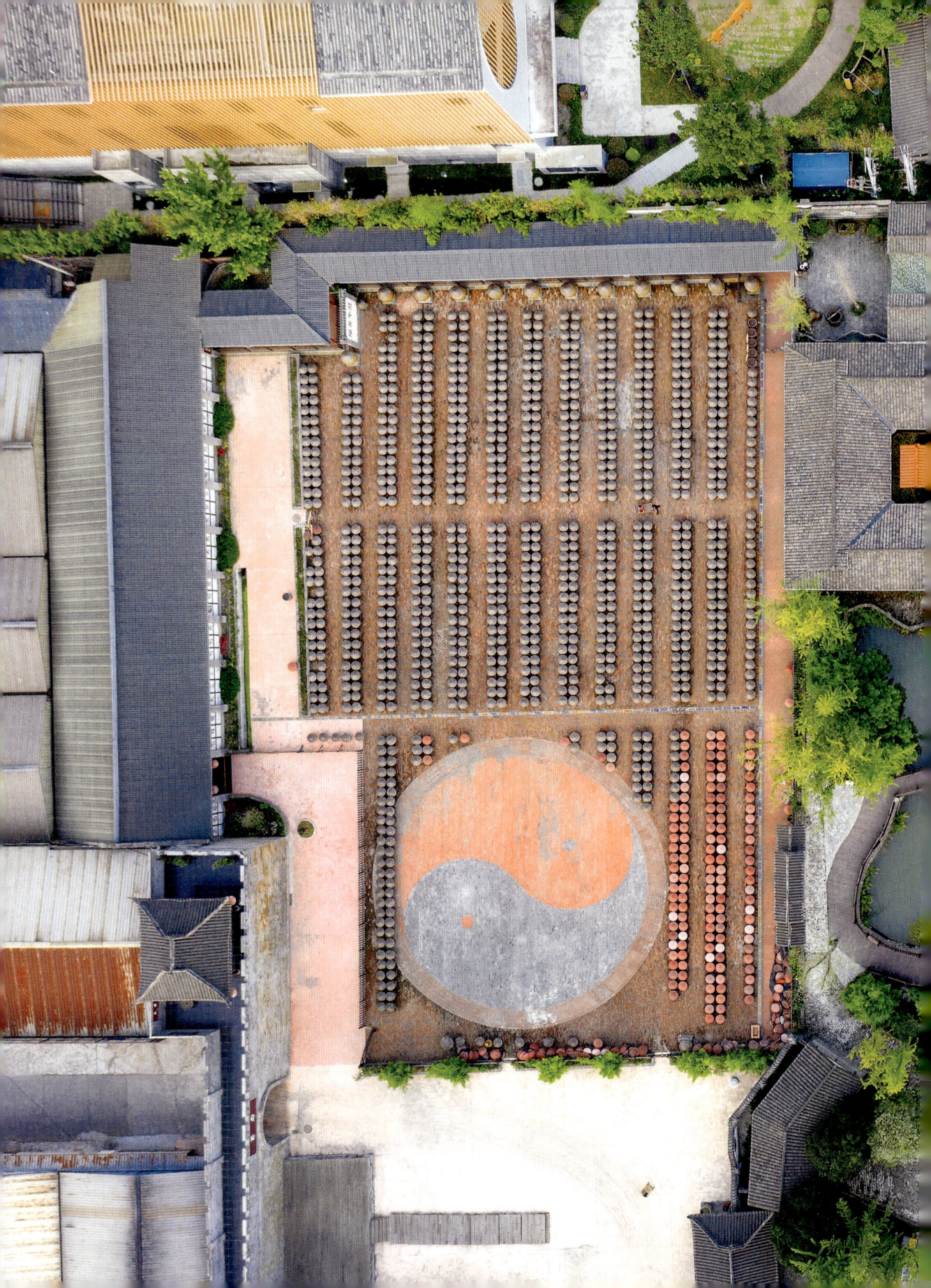

着墙角的蜘蛛网，眼神直直的、呆呆的……

父亲高玉洪看在眼里，心里又急又气。其实，高德敏连续四次高考落榜，每一次都像在他心上狠狠地剜了一刀。没有人比他心里更疼。

他一直希望家里能出一个大学生，圆自己当年的那个"遗憾"。

打高德敏记事起，他就晓得父亲高玉洪内心深藏的那个遗憾，就是家里人谁也不敢去触碰的一块"疮疤"。高玉洪从小就喜欢读书，虽然家境贫寒，但学堂里传来的琅琅书声似乎对他更有吸引力。少年时期，他常常在劳作间隙进入当时的"国民学校"旁听，那教书的先生本来想赶他出去的，但见这个衣衫褴褛的少年眼里闪耀着的求知的光芒，又心软了……解放后，高玉洪那双沾满了泥土的双脚终于迈进了灵圣乡小学的大门。那一年，高玉洪十三岁了。在新中国的学校里，这个孩子很快就展现出了自己在学习方面的天分。20世纪50年代末，他以优异的成绩考进了成都一机校。然而命运总是弄人，刚刚在菁菁校园里展开对未来的憧憬，因为大的时代背景，学校进行调整，已经跳出了农门的高玉洪不得不含泪回乡务农。辗转到了1963年，因为国民经济好转，他又怀着喜悦的心情重新回到了学校学习。这一次，他顺利完成了机械制造专业的学习。然而命运又给他开了一个玩笑，毕业后，他因家庭负担过重，难以放弃自己肩上的担子，不得不回乡务农，过起了"背太阳过西山"的日子。

那些个难忘的日夜，当高玉洪在田里劳作一天回来时，常常已经是满天星斗，他默默地穿行在田埂之间，脑海中常常浮现出同学们在灯火通明的工厂里谈笑风生的样子……心里不禁隐隐作痛。

事实上，高德敏之所以能连续四年参加高考，都是高玉洪咬紧牙关供出来的。他不忍心大儿子仅以三分之差而与大学失之交臂，重复自己当年的命运。然而高玉洪失望了……

面对成天处于萎靡、消沉状态的高德敏，一向对儿子严格要求的父亲沉默了,他理解儿子的心情。当油菜栽下去之后,田野上也开始刮起了微寒的秋风,很快,淅淅沥沥的秋雨在窗外长麻吊线地飘了起来。高玉洪终于来到了高德敏的床前,他要给儿子讲一讲关于战旗大队党支部副书记易奉先的人生经历,希望他能从中汲取精神力量,重新振作起来。

"我记得那是一个秋雨潇潇的夜晚。那天,我照例没吃晚饭,就那么懒心无肠地躺在床上,头脑里昏昏沉沉的,也不知道在想些什么。这时候,我父亲来了,才几个月没和他碰面,我感觉他的背好像又驼了一点。我心里一酸。像以往一样,这天父亲也没有重话责备我,而是搬了个凳子,坐到了床前,开口给我讲起易奉先叔叔的经历来。我听着听着,眼里也流出了泪水,可是心里也隐隐约约像打开了一扇关得紧紧的窗子,有光照了进来……"三十多年前的那个夜晚,在高德敏的记忆里依然十分清晰。

易奉先的故事其实很简单,但也很曲折。

从某种意义上来说,没有一个农村孩子不想跳出农门。1961年,十六岁的战旗大队青年农民易奉先考上了中专,跳出了农门。三年后,易奉先被分配到了郫县人民医院,当上了一名医生。这件事在战旗大队传为佳话,很多家庭都把易奉先作为榜样,讲给正在上学的孩子们听。然而谁也没有想到,仅仅一年后,已经成为城里人,过上了"敲钟吃饭、盖章拿钱"的安逸生活的医生易奉先竟然又脱下那身潇洒的白大褂,回乡穿起了粗布衣裳,拿起了锄头,戴起了草帽,成了一个地地道道的"农二哥"!

人们简直不敢相信自己的耳朵。然而当他们走到田埂上,眼前的事实却又不得不让他们痛苦地相信,那就是整个战旗大队的农家子弟都引以为榜样的易奉先确实也和他们这些命中注定"修理地球"的人一样,正埋着头甩开膀子挖地哩!更奇怪的是,见到父老乡亲们,易奉先脸上依然是一副平静的神色,仿佛那个曾经坐在宽敞明亮、散发着淡淡的消毒水味道的诊室里的医生易奉先从来就不曾存在过一样。

仿佛他易奉先从生下来就一直在这农田里干活，从未离开过这些沟沟坎坎、田边地角……

易奉先就那样以自己的农民本色获得了大家的尊敬。三年后，也就是1968年，他就被大家推选为战旗大队党支部副书记。在担任副书记期间，他带领大家搞多种经营，还专门负责活路最重、最为繁杂的育秧、制种工作。

后来人们才知道，易奉先是因为对药品气味过敏，才不得不放弃医院的工作，心甘情愿地回到家乡来当一名农民的。

听完父亲动情的讲述，高德敏紧紧揪着的心，慢慢地有些松动了。

父亲的劝解只是让高德敏稍微宽了一下心，第二天早上，当他依然无精打采地躺在床上的时候，一个人的到来，让他从床上一跃而起。

那是他打小便异常亲热和尊敬的奶奶。

那天早上，拄着拐棍的奶奶颤颤巍巍地来到了高德敏面前，还未等他反应过来，奶奶已经一棍子敲在了他头上："德敏啊，你记住一句话，天干饿不死手艺人，七十二行行行出状元！"

看见一向疼爱自己的奶奶眼里的泪水，二十二岁的高德敏再也坐不住了："是啊，农民怎么啦？难道当农民会死人？"他一咬牙，从心底蹦出了四个字：学农像农。

"我说的我身上曾经也有一根'懒筋'，就是那天早上被我奶奶一棍子打掉的。"高德敏说。

然而，生活并不是小说。对于从小就在田里劳作的人，"背太阳过西山"已经成了与血肉相融的习惯，而对于高德敏这样一直在校园里，二十二岁"高龄"才真正到田里去磨手板皮的人来说，那春种秋收的场景一点也没有诗意的色彩，反而是一种"不死也得脱三层皮"的艰辛。

但其实也是一种淬炼。

铁不炼不成钢，人不磨不成才。

父亲高玉洪深谙这个道理，见儿子愿意跟着自己下田劳动，感到非常高兴。但他毕竟又不同于没有文墨、只知道拿重活去压、去磨炼儿子性子的心眼粗大的庄稼汉，他选择了一个小窍门去训练儿子慢慢成为一名真正的庄稼人。

这个窍门，就是打连枷。

三

阳光来得十分猛烈。

一大早，高玉洪从屋角里拖出两把连枷，吩咐高德敏甩到门前的沟里浸泡着。这是1985年5月的一天，川西平原上正是抢收油菜、小麦的季节。高玉洪开始手把手教儿子干农活。这是他教给儿子的第一课，先把连枷放在水里浸泡，以免待会儿在烈日下用起来时散架。

当院坝里铺满从地里背回来的油菜时，高玉洪让高德敏走到沟边，从水中捞起连枷，然后自己亲自示范，一上一下地打起来。

打连枷讲究的是一准二狠三净。一准就是要瞄着油菜荚去，不能打在秆上；二狠就是打下来的那一瞬间要使出全身力气；三净就是要把油菜荚里的菜籽都打干净，做到颗粒归仓。有经验的人都知道，打连枷看起来很轻松，其实是个重体力活。明明大家都同样在打，可有的人连枷起落没几下，就累得脸红筋胀、气喘吁吁、腰酸背痛，连手都举不起来；而有的人则身子一仰一俯，脸不红、气不喘，轻松自若。这中间有个诀窍——就是要善于运用连枷自身起落的惯性，打下来的一瞬间，要使出全身力气狠狠打下去，只听得

"啪嗒"一声，黑色的油菜籽就从菜荚里跳了来，而打下来的力度越大，弹性就越强，只听"嗖"的一声，连枷又借着自身的弹力轻松地弹到了空中。就在连枷起来的一瞬间，人又调匀了呼吸。

高玉洪是这样一个好把式，只见他身子一仰一俯，那连枷就在空中抡出了许多个圆圈……

看着父亲行云流水般的动作，高德敏顿时来了兴致，他走上前去，要从父亲手里接过那把使用了多年的连枷。高玉洪没有拒绝儿子，可是当他把连枷交到高德敏手里的时候，却意味深长地叮嘱了一句："德敏，别只晓得使蛮力……"

就这样，在父亲的调教下，青年农民高德敏开始了自己的劳动历程。

当时，战旗虽然已分田到户，但是村上又出台了一项"政策"：农活计件制。这项政策是为了调动大家的劳动积极性，达到奖勤罚懒的目的。其实，1979年这项措施就开始试行了，分田到户后，属于村里的公田的那部分依然没有取消，具体条款是栽一亩秧子十元钱，割一亩麦子六元钱。高德敏一咬牙，找到几个同龄人组成了一个劳动小组，他们每天扯秧子要到半夜，然后趁着夜色，又把秧子搬到田埂上，往往劳动一天下来，腰都打不直了；在玉米地里，为了防止蚊虫叮咬，他们把泥巴涂在脸上、手上……这样，干了一年，战旗村的"高加林"高德敏突然发现：原来，当个农民并不可怕！

通过劳动，这个二十多岁的年轻人，在生养自己的这片土地上，终于找到了自己的位置。

新的生活的篇章，即将在他面前打开。

四

"人生的道路虽然漫长，但紧要处常常只有几步。"对高德敏来说，作家柳青的这句话可谓是他命运的真实写照。对他来说，人生最紧要的第一关已经找到了正确的方向，那就是：低下头来，向土地学习；挽起裤脚，向劳动学习。

可别小看了这十八个字。在小说《人生》的结尾，那想逃离农村的小伙子最终回到了生他养他的黄土地上，可是他已经失去了最珍贵的东西——一个农村姑娘最为淳朴的爱情。在万分痛苦中，路遥让自己笔下的主人公高加林做出了一个意味深长的举动：

> 高加林一下子扑倒在德顺爷爷的脚下，两只手紧紧抓着两把黄土，沉痛地呻吟着，喊叫了一声：我的亲人哪……

是的，只有认识到自己的亲人不仅仅是父母与兄弟姐妹，还应该包括生养自己的这片土地时，一个人才会真正成长起来。这样，他才会通过劳动和汗水与土地建立起一种健康而朴实的关系，而这种关系又会反过来在他性格里播下让他受益一生的品质。

通过劳动的淬炼，落榜生高德敏得到了村民们的认可。新的生活篇章，也即将在他面前真正地打开。然而，生活并非是恒久不变的，他能接受住以后的考验吗？

第六章 来了360名大学生

这些年,虽然战旗村的生活好了,村上的企业也办得红红火火,然而村民们的整体素质却有待提高。作为村主任,高德敏对此非常敏感。他曾经在城里读了好几年书,对此有着深切的体会。在他看来,战旗村人通过这么多年的不懈努力,虽然在生活上、穿着上已经不输于城里人,然而整体的文化修养和文明素质还不够。

一

新的生活篇章是由一群大学生带来的。

准确地说,是360名大学生。他们是到战旗村来"结对子""认亲戚"的。对于高德敏来说,这么多大学生的到来,让他仿佛置身于散发着青春、理想、激情的大学生活之中,但也有一些感受,让他多年以后仍然感慨不已。

那时候,他已经通过农村生活的磨炼,得到了乡亲们的认可,从昔日的回乡知识青年"高加林"成长为战旗村的村主任。2006年5月2日,战旗村即将进入收割油菜、抢收小麦的农忙时节。虽是村主任,高德敏家里也需要种责任田。这天傍晚,他和家里人一起到田里看了看即将收获的油菜,回家草草洗了一把脸,连衣服也顾不上换,就挨家挨户地检查、询问大学们的"安置"情况。当他走进一户农家院子里的时候,那家的男主人把嘴挨到他耳边,笑着告诉他:"我从前听说城里人把麦子认成韭菜,或者把麦子认成谷子,还以为是笑话,没想到,这次来的大学生真的是连麦子也认不到。"

高德敏严肃地说:"你先别笑话这些大学生。我来问你,你家那个在郫县城里头读书的儿子,下过几次田?"男主人伸手搔了搔了后脑勺,不好意思地笑了。高德敏又语重心长地说:"不知我的感觉对不对,现在有一个不太好的现象,就是连农村的孩子都很少下田了,家长们望子成龙的想法固然可以理解,但……"说到这里,他停住了,心里涌上来这几天听见的许多议论:

"这些学生娃娃啊,你问他们大米是从哪里来的,他们说是从超市里买的。哈哈……"

"这个有啥稀奇的,我把稗子从秧母田头扯出来,甩到田埂

▲ 大学生进农家

上,有个学生问我,叔叔,你咋把秧苗都扯来甩了?唉!"

高德敏有些坐不住了,他站在街巷里认真想了一会儿,转身向支部书记李世立家走去。

这批大学生是5月1号当天上午到达战旗村的。上午9点,天空万里无云,从唐宝路上缓缓驶过来八辆大客车。2006年,战旗村外面的这条公路其实就只是一条狭窄而弯曲的乡村机耕道,村里的企业没办起来之前,这一段路都是泥巴路。农忙时节,鸡公车在这条路上"叽咕叽咕"地碾过去;上交公粮的时候,则是架子车、拖拉机、农用车等组成了长长的车队;到逢年过节的时候,村民们则骑着自行车、摩托车来来往往……但无论什么时候,大家对这条路的感受都是一致的,那就是"晴天一身灰,雨天一身泥"。后来,唐宝路面进行了硬化,即使如此,这条路依然偏僻难行。

当大学生们来到村头时,一幕意想不到的场景把他们惊住了:只见村民们就像过节一样,敲着锣,打着鼓,像迎接贵客一样欢迎他们的到来。

这批大学生一共360名,分别来自西华大学、四川师范大学成都学院、四川农业大学水产学院、四川科技职业技术学院四所高等院校。按照计划,他们将在战旗村住5天。

这批大学生为什么会来到战旗村?

走进战旗村,是由当时的郫县县委宣传部推动的,目标很明确:这是一场"城乡思想文化互动试验",让大学生们走进农村,与村民们一起同吃同住同劳动,让双方形成优势互补。学者文元衍称这次活动是一个创新:"对学生来讲,这是一个非常好的品德教育、实践机会、社区体验,可以培养他们的责任心、自豪感、民族自信心。战旗村也获得了最大的效益。通过大学生下乡,通过他们带来知识,带来新的理念新的生活方式,缩小了城乡之间理念上的差距、精神上的差距、文化上的差距,这将直接影响战旗村的十年、百年。"

郫县县委宣传部的负责人则想得更多:"这个活动提醒我们,农村基层的公共文化服务体系必须加快建设,这不仅是党和政府的要求,更是广大群众的迫切愿望。推进城乡一体化没有局外人。一个宣传工作者就是应该走村入社进户,用群众接受和喜欢的工作方式做好群众的思想政治工作,从而将党的政治主张转变为群众的自觉行动。而被激发出来的主动性、创造性所产生的巨大力量,对推进城乡一体化的作用是不可估量的!"

一

的确是这样。

这些年,虽然战旗村的生活好了,村上的企业也办得红红火火,然而村民们的整体素质却有待提高。作为村主任,高德敏对此非常敏感。他曾经在郫县城里读了好几年书,对此有着深切的体会。在他看来,战旗村人通过这么多年的不懈努力,虽然在生活上、穿着上已经不输于城里人,然而整体的文化修养和文明素质还不够。体现出来,就是说话时嘴上喜欢"带把子";当有人问起战旗村及附近的历史文化时,很多人都茫然不知;尤其是,因为生活富裕了,有些年轻人脾气也变得大了,让周围村子里的人们都觉得战旗村人现在是财大气粗……

他和支部书记李世立忧心忡忡地谈起过这一现象,两个人都觉得,生活富裕了,如果精神贫瘠,那么这种富裕就只能是一种暂时的发展结果。

实际上,当时战旗村的情况也引起了郫县县委县政府的重视。经过多次联系、多方奔走,郫县县委宣传部为战旗村迎来了这一批大学生,目的就在于此。

5月1日上午10点,在尘土飞扬的院坝里面,简单而隆重的"结对子"仪式正式举行。大学们背着行李,满怀着好奇,跟随自己刚认下的"亲戚们",住进了农家的小屋。他们将在这里生活5天。很多人已经在心里规划好了这几天的行动:为村民们修理家电,进行法律知识咨询,举办普通话、英语培训,帮助村民们学习使用计算机,辅导孩子们学习……

当然,村民们也想好了"接待亲戚"的方式:推豆花、用香喷喷的郫县豆瓣熬回锅肉……特别是许多上了年纪的大爷大妈,更是笑眯眯地看着眼前这群年轻人,仿佛看着自己在外读书的孙儿孙女们,眼里流露出爱怜不已的神情。于是,让人啼笑皆非的事情发生了:5月1号下午,当郫县县委宣传部的领导来看望大学生们时,却发现他们三三两两在村头的大树下乘凉、闲聊,完全不是想象当中的他们与村民们一起劳动、生活的场景。

原来,村民们太热情了,大学生们进了屋,村民们急忙上灶,按照农村的习惯,先是煮荷包蛋,荷包蛋至少是两个,有的村民生怕饿着了这些娃娃,又加了两个,碗里还放了猪油,给孩子们端上来时,笑眯眯地说:"你们是稀客,来,先喝点开水。"这些大学生来自全国各地,对川西平原农村的风俗并不了解,一听说是喝开水,就双手接了过来,低头一看,又是感动又是难受……好不容易吃了荷包蛋,正要去洗碗呢,村民们却急忙把他们按到沙发上:"你们是贵客、稀客,难得到战旗村来,坐着看会儿电视。"大学生们只得看着眼前大彩电上早已经熟悉得不能再熟悉的各类节目。没多久,丰盛的饭菜上桌了,全家人都过来让大学们坐在"上八位",又是给他们夹菜,又是给他们盛饭,仿佛已经忘记了这些孩子们刚刚才吃了一大碗荷包蛋。

因为正是农忙,看着村民们放下田里的活路,一家人都围着自己转,很多大学生都如坐针毡,不约而同地,他们在午饭后都从各自的"亲戚"家里逃了出来……

听完大学生们的讲述,宣传部的领导也笑了,对同学们说道:"同学们,咱们来到这里是'认亲戚',但不可能按照以前的习惯'走亲戚'呀。你们是战旗村的客人,但也不能把自己当成是战旗村的客人,要开动脑筋,到田里去,到菜地里去,把自己的知识和良好的素养带给村民们,和他们一起劳动,和他们真正地成为能交心的'亲戚'!"

大学生们于是行动起来了。第二天一大早,他们就和"亲戚"

一起起来，下到了田里。然而，他们中间有些人却又闹出了"笑话"。5月2日，高德敏又听到村民说，来自西华大学的学生郭娇一大早起来后，就要跟着下地干农活。与郭娇"结对子"的村民看着眼前这个青春靓丽的大学生，想了想，对她说："田里的农活也忙得差不多了，也还没到栽秧子的时候，这样吧，你们到菜地里去，给蔬菜浇浇水就行了。"

一直以来，战旗村都是两条腿走路。这两条腿，一是农业，按照村委会多年来的经验，农民农民，就得以农为本，因此，战旗村家家户户除了种庄稼的责任田，都有一块专门种菜的菜地；还有一条路就是工业，通过村办企业，才能为集体创造财富。"村民这个身份吧，不像企业工人，你说假如是个企业工人，如果违反了厂规厂纪，企业是可以辞退工人的。可是，你是一个村，能把一个村民辞退吗？"谈起十多年前为什么要引进大学生进村"结对子"，高德敏说，"唯一的办法，就是大家一起往前走。"

有过农村生活经验的人都知道，在夏季，要给菜地里的蔬菜浇水，只能选择在一早一晚的时候，如果正值赤日炎炎的正午，你看见地里面蔬菜被太阳晒得无精打采的样子，心生怜悯，兜头盖脸地去给浇上一大桶水，得，这批蔬菜下午就会掉叶子，第二天早上，你再去看，它们已经干枯了……但收油菜、小麦、水稻的时候却相反，太阳越烈越好，这样，收下的庄稼才水分少，晾晒起来就省心省力，而且，做出来的馒头、米饭还特别的香，像含着大地和阳光的芬芳。

种蔬菜是个时令活，5月正是茄子、辣椒、豇豆等蓬勃生长的季节。一听说到菜地浇水，平时就喜欢吃辣椒的郭娇顿时兴致勃勃："我喜欢吃辣椒，这次，我一定要看看地里面的辣椒是什么样的。"于是，郭娇和同学踏着露水，来到了菜地里，可是她在菜地里连走了好几个来回，却没有看见自己平时看见的辣椒的样子，不由得大为纳闷，正在这时，旁边有个村民看她急得满头大汗的样子，好奇

▲ 大学生进农家

地问道:"同学,你在找什么呀?"郭娇没好气地答道:"我在找辣椒,都找了十多分钟了,还没找到。"这个村民哈哈笑了起来,指着她脚下那一片矮小的菜苗说:"那不就是你要找的辣椒吗?"郭娇好奇地蹲下身,理了理菜苗:"可是,没看见辣椒呀?"这个村民又笑了:"你来早了一点,要再过一个星期,辣椒才会长出来。"

听了村民们的讲述,高德敏不由得也笑了,随即又摇了摇头。

当天下午,在战旗村村委会的办公室里,召开了"战旗村历史上学历最高的一次村委会":4名受聘的大学生"实习"村主任、72名大学生"实习"社长助理,以及郫县县委宣传部的领导一起畅所欲言。大学生们终究是高校的年轻学子,毫无保留地谈了这两天来在村里的感受,然后提出了同学们会商出来的建议:"经过我们调查发现,现在村民们最关心的就是两个问题,一个是小孩的教育,另一个就是如何利用技术,科学地进行农业的种植养殖。"说到这里,大学生代表顿了一下:"我们建议,每天早上六点半,我们就带领村民们一起在院坝里做广播体操,让我们的'亲戚们'也感受感受校园生活的味道;吃完早饭后,我们就跟着村民下地,一是让村民帮助我们,同时也可以让我们平时在课堂上学到的知识与劳动实践相结合;吃过晚饭,我们就组织村民们一起联欢,让大家的精神生活也丰富起来。"

听了大学生们的发言,高德敏和李世立相视一笑,心里不约而同地想:"这个对子结得好!"

三

找准了问题，就像中医号准了脉。第二天早上六点半，战旗村上空第一次响起了清脆昂扬的音乐，随着那"一二三四、二二三四"的铿锵有力的声音，战旗村村民们的青春活力被重新激发了出来。一百多户农家的大人孩子们迎着初升的朝阳，精神抖擞地弯腰、扩胸、踢腿、跳跃，连一些老人也加入了进来。清晨的阳光洒下来，院坝里一片欢声笑语。

那几天，成都市的几大媒体都在显著位置报道了同一条新闻——360名大学生在五一劳动节走进郫县战旗村，与180户村民结成对子，同吃同住同劳动。这场被视为"城乡思想文化互动试验"的活动持续了5天，各方好评如潮：郫县县委宣传部在总结材料中称这个"高校＋支部＋农户"的工作模式是推进城乡一体化过程中"城市支持农村"的具体生动实践；村民认为那5天"天天都像过年"；众多专家也从理论和实际效果上对其进行了全方位的剖析，毫不掩饰赞赏之意。

当时在郫县县委宣传部外宣办工作的干部董锐说："在5天时间里，大学生们组织开展了舞蹈、书法、英语、普通话等各类培训活动，上千农民朋友踊跃参加。"大学生们还发展了以"讲文明更重要还是发家致富更重要"为主题的辩论赛，引发村民对自己生活、生产的深层次思考。同时，大学生们还开展了法律、养殖、计算机等方面的咨询活动，发放资料1000多份。

活动期间，大学生参观了5家村办企业，坚持每天写一篇日记，每天为农户做一件有意义的实事好事，每人与结对农户家庭照一张合影，每人填写一张大学生进农家社会实践活动日志表；坚持

▲ 2022年7月，一群外地学生在战旗村参观学习

带动农户做广播体操，帮助农户打扫院内卫生，帮助农户孩子辅导功课，以自己的行动和形象引导农户培养文明生活习惯和文明生活方式；与此同时，在互动开放性的交流中，大学生又学习到了农民的勤劳、善良、朴实的品质，感受到村民们的质朴和热情，培养锻炼自己的动手能力。

这5天不过是一项庞大计划中的小部分。按照当时郫县县委宣传部的设想，将整合郫县区域内18所高校的智力和人才资源，确立五大互动模式，除了高校师生外，还将包括企业、本土文化明星、城市中小学生与农村基层的互动，及少儿文化直通车。五大互动模式的内容大致相同，除了包含"送文化下乡"的基础概念，与农村基层全方位的接触也成为这一活动的亮点，从"同吃同住同劳动"不难看出组织者的良苦用心。

这一场热闹的相聚到底给大学生和村民带来了什么、留下了什么？

四川农业大学水产学院的向启华回校后与父亲通了一次电话，决定毕业后就到战旗村来开办一家农产品开发公司。"以前我们的眼睛只盯着城市，不知道农村也是一个巨大的市场。这次活动，可以说改变了很多同学的就业观。"

西华大学经济与贸易学院国际经济与贸易系王铮同学则在他的博客中写道：

五一，一个特别的日子。我是一个农民家（庭）的孩子，所以对这个日子特别亲切。以往的五一，大都在校园度过，而今年有幸加入下乡的行列，参与以"城乡一体化，共建社会主义新农村，大学生进农家"为主题的大型互动活动，与农户同吃同住同劳动，心里有说不出的高兴和激动。

在这里我们体会到了乡亲们的热情、朴实、好客和善良，孩子们的天真、活泼、可爱和朝气。我觉得，只要可以想到的优秀品质，在这里都是可以找到的。与乡亲们从接触到磨合再到打成一片，乡亲们对我们关怀备至，待我们如亲生儿女，我们体会到乡亲们的淳朴，也感受到了农村对知识的渴求，对富裕的渴望。面对这份深重的情谊，我们都想尽自己的最大努力为战旗村的父老乡亲们做出贡献。

四川农业大学水产学院学生何梅莉的日记饱含深情：

今天是我们到战旗村的第4天，回想起第一天走进农户家里时，我们都很茫然，不知道（应该）干些什么。因为时间的原因，我所在的农户家基本没有农活可干，可是村民还是非常热情地招待我们，是什么原因呢？我和同学们调查研究后发现，农户之所以热情接待我们，是想和我们大学生进行思想与心灵的沟通，他们想接触新的思想、先进的管理理念和新的信息。更重要的是让我们来影响他们的子女和身边的人，用我们成长与考大学的经历引导他们的小孩学习，树立考大学的信心。所以，来下乡的大学生应该转变思想观念：我们不只是来从事生产劳动的，更应该做的是给农民传播新观念、新思想、新文化，因为在他们心中我们是时代的象征，是知识的象征。我们应该以当代大学生朝气蓬勃、积极向上、乐观进取的精神影响村民，同时也学习他们那种勤劳、善良、朴实的精神。

5天的时间很快就过去了，当大学生们离开战旗村时，上百名村民顶着烈日前来送行，不少大学生和村民紧紧相拥，都流下了依依不舍的泪水。

"孩子，别哭了，以后想我们就找机会回来，我们家随时欢迎你们。"战旗村9组的魏婆婆拉着四川科技职业学院王晓娇同学和王俊同学的手说。王晓娇泣不成声地说："我们在战旗村住的5天时间里，魏婆婆对我们太好了，比亲婆婆还要好。现在我们就要走了，73岁的魏婆婆还来送我们，让我们太感动了，我真舍不得走。"

9组的尹大姐是送行中最激动的村民，她几乎是哭着送走了大学生。"大学生们住的时间太短了，他们太懂事了。我已经把他们当我的儿女看待，儿女要走，当母亲的怎么不难过，怎么不哭？"尹大姐说，住在她家的大学生是四川科技职业学院计算机系的成伟和李技聪，这两个孩子每天都抢着帮她干很多家务活。最重要的是成伟和李技聪给她14岁的儿子当了很好的榜样，不仅帮儿子培养良好的学习习惯，还让儿子坚定了考大学的信心。

成伟则边走边抹眼泪。都说男儿有泪不轻弹，但当面对善良、淳朴的尹大姐和她的儿子时，他却根本不能控制住往下掉的眼泪："我们互相留了联系电话，我也会经常回'家'看看。"

告别之际，不少大学生与村民合影留念。当360名大学生陆续走上汽车后,村民还是舍不得离开,一些村民站在车外,拉着车上大学生的手,说着告别的话。大学生们则不停地说:"我们会回来的。"汽车缓缓开动,村民挥动着双手,眼光里透着不舍,目送大学生远去。大学生们从渐行渐远的汽车里探出身来,不断向村民挥手。

王铮同学在他的博客中写道:

最难割舍离别时。在离开的时候,我才发现自己已经成为这里的一部分,对这里的留恋竟然是那么强烈。而余叔叔朴实的言语也使我很舍不得离开,千言万语难道一个情。看着当时离别的场面,我想起了电影里送孩子出征打仗的场面,虽不是一个目标,但却实实在在都是那份情。坐在车上,我们不由得唱起了那首《常回家看看》,那时的我感动得几乎说不出话来。我想,我什么时候才能再回这个"家"看看,再与他们共进一餐,我不知道,因为未来太难说了,但是心里确确实实永远有那么一个家,一个让我产生无数感触的地方。

5天的日子虽然短暂,但是就在这么短短的5天里,我学到了许多,也明白了许多。农民们的热情好客让我感动,他们的勤劳、善良让我由衷佩服,他们的朴实、友爱也让我深深感动。我没有办法表达对这片土壤的深情厚谊,唯有通过自己的努力和积极进取,用所学的知识和自己的双手实实在在做出的成绩来作为对此的回报。我想,其实我们并不能给他们带去什么实质性的东西,只能启发一下他们,最重要的是要去改变他们的观念。这真是一次百感交集的经历,大学生进农家不仅打造了一个让农村孩子认识外面世界、与外界接触的平台,也给了我们一个与他们交流甚至交心的机会。我们只是为他们打开了一扇窗,让他们知道外面的精彩,至于机会,还是由他们自己去把握。

四

　　这次活动还让当地群众对政府工作人员产生了极大的认同感。

　　当干部们与农民摆谈城乡一体化的前景时，村民再也不是一副事不关己高高挂起的表情了，他们意识到，这个话题其实与自己的生活密切相关。

　　村支书李世立同样感受到了这个变化："村里实施'三个集中'，村民们对撤院并院的认同度和积极性与以前有了非常大的变化，促进了战旗村'村、企、农'互动经营的发展模式，提高了农业生产的组织化程度。"

　　实践证明，"大学生进农家"活动大胆探索了高校与村支部和农户结对子的新路子，和高校人才"智力助农、文化支农、技能帮农"的新方法，大力实践了新农村文化传播的新样式和农民文化活动的新途径。不仅如此，此项活动的意义还在于不仅推动了城乡一体公共文化服务体系建设，也促进了城乡文化同发展共繁荣，从根本上缩小了城乡文化的差距。

第七章 铜头、铁嘴、橡皮肚和飞毛腿

从蒋大兴到高德敏,五十多年来,战旗村的八位书记都有着一个共同的特点,那就是他们特别喜欢用乡村的农谚或民谣、俗语来表达自己的情感,或者对战旗村发展的理解,而且他们还会根据自己的理解,把这些"土得掉渣"的话进行修改。这里面,蕴含着什么启示呢?

一

该如何形容他呢？

四川省农村优秀党组织书记？2015年全国十大杰出村官？四川省优秀共产党员？全国劳动模范？或者，村党总支书记？

哦，不，相比这些荣誉或职务，他还是更喜欢村里人那朴实的称呼：德敏。也不要姓，就像呼唤他的小名一样，人们站在田间地头就直接叫他：

德敏，豆花推好了，你抽空来尝尝？

德敏，你给上面反映一下，村里的环境越来越美了，想个办法，多吸引点成都游客来耍哦。

德敏，我家新酿的桂花酒出来了，你来尝一下，看味道巴不巴适？

…………

在战旗村里，那些朴实的庄稼汉们，在村办企业上班的人，经营民宿、搞电商的"90后"乃至"00后"的年轻人们，就像他的家里人一样。任何时候，当你走进村里，随便拉住一位叼着烟杆儿的特别会讲故事的老大爷，你刚问几句村里的情况，他立刻就打开了话匣子，一个又一个故事从嘴里源源不断地流出来。但无一例外，故事中的主角，都是这位"德敏"。

在战旗村以外，有人说，高德敏其实就是一位普通的乡村农民；也有人说，他虽然只是一个普通的川西坝子上的庄稼汉，可是他有缜密的思维、敏捷的反应，还是个耿直爽快的人……

▲ 蛙鸣如歌，稻禾飘香

还有，他老是笑眯眯的，让人觉得他没有什么"魄力"，或者说"架子。"

可是，他的脚步又是风风火火的。2011年10月22日，第十一届全国"村长"论坛在山东临沂开幕，已经担任了战旗村党总支书记的高德敏特邀唐昌镇的副镇长王珂一同参加了这次盛会。两天的论坛期间，三农专家、农业部门官员、"村官"代表针对新农村建设、村庄文化、农业产业、大学生村官工作等议题开展座谈、讨论和专题讲座等活动，并提交了相关议案。论坛结束后，王珂副镇长、高德敏书记还深入沈泉庄村村民家中，详细了解村民的生活情况。

第二天，高德敏和王珂又马不停蹄地直奔山东平邑县九间棚村，考察九间棚金银花产业，并学习了九间棚村人艰苦创业的精神。25日，高德敏一行又奔赴中国蔬菜之乡寿光市，考察蔬菜产业，学习蔬菜产业经营新理念。

行程如此紧锣密鼓，为的是什么呢？

"缘于我们心中的危机感。"高德敏直言不讳。

那时候的战旗村，正处于产业提升、发展转型的关键时候。

"人勤地生宝，人懒地生草。"谈到当年的山东之行，高德敏打开了话匣子："我一直认为川西农村的农谚和民谣饱含着丰富的智慧。因此，我喜欢引用这些话。比如……"他顿了顿，一口气说了好几句农谚："耕地耕得深，黄土变成金；兴家犹如针挑土，败业好比水推沙。"然后，他眉头皱了皱："但是有一些民谣，我觉得随着时代的发展，它里面所蕴含的理念也应该跟着变，人也好，一个村子也好，要与时俱进。比如，生意买卖眼前花，锄头落地是庄稼。你说，这句民谣放在现在，是不是应该变一变啦？"

我突然有个发现，从蒋大兴到高德敏，这五十多年来，战旗村的八位书记都有着一个共同的特点，那就是他们特别喜欢用乡村的农谚或民谣、俗语来表达自己的情感，或者对战旗村发展的理解，而且他们还会根据自己的理解，把这些"土得掉渣"的话进行修改。这里面，蕴含着什么启示呢？

首先，让我们来看看战旗村党支部书记的产生过程。按照相关规定，我国村党支部书记是经村党支部推荐，由村民中的党员们选举，然后由乡（镇）党委审查同意后产生。然而我们也看到，在一些乡村，由于各种各样的原因，还不同程度地存在着家族治理的影响。但是，战旗村历任党支部书记的产生有着自己的特点。这个特点用高德敏的话来说，就是能者上。

让我们来看一看这八位"能者"在担任书记时所创下的业绩：

第一任书记蒋大兴，紧紧抓住那时候战旗村人的吃饭问题，一旦认准了目标，便"咬定青山不放松"，在他的带领下，战旗村人硬是用自己的双手双脚解决了吃饭问题；

第二任书记罗会金，瞄准改土改田，带领村民们一干就是十年；

第三任书记李世炳思考村容村貌，改善村民居住条件，早在20世纪70年代就修建了农民集中居住区；

第四任书记杨正忠，敢于解放思想，大胆探索，创办了多家集体企业；

第五任书记易奉先则在杨正忠创办企业的基础上，进一步探索现代企业的经营之道，大刀阔斧地对村办企业进行改革，使战旗村的集体经济不断发展壮大；

第六任书记高玉春意识到战旗村的根本在于农业，于是积极探索"公司加农户"的农业产业化之路，让战旗村稻花飘香；

到了第七任书记李世立，他认识到村办企业在产权上模糊不清，于是实行厘清产权、企业改制，激发村办企业活力；

第八任书记高德敏则视野广阔，将目光盯在战旗村如何进行农商文旅融合发展上……

从这八位书记的经历可以看出，战旗村的活力，就在于所选出的每一位"当家人"都是既务实又具有智慧和胆略的人。

而且，他们的语言也各具特色。

李世立的口头禅是"想大事，做小事，这才是'村官'"。对这句话，他有着自己的理解：我们仅在一个村做事，比起国家和省市，我们所做的是小之又小的事。但一个村的小事都关联大事；而要把一个村的事做好，就要想大事，凡事要想到国家、想到党的方针政策，你才能把一个村的事情办得好。

谈到村党支部书记这个"职务"时，李世立则亮亮堂堂地表明了自己的态度：当村支书必须全心全意，在利益问题上的所谓公私兼顾都是托词，都不可信、不称职，这是我们战旗村人知人善任的试金石。

而高德敏对"村官"的理解则更为形象——村官漫画：铜头、铁嘴、橡皮肚、飞毛腿。说到这里的时候，他就拿自己来作比喻了，笑呵呵地说道："我不就是这副样子吗？五短身材，冲天志气；头上发光，心中瞭亮。"

二

"铜头、铁嘴、橡皮肚、飞毛腿"这几个形容词真是绝了,一下子就把"村官"的形象鲜活地刻画了出来。尤其是"橡皮肚"这个词,更是把"村官"内心那种微妙的感受说了出来。

在中国,当"村官"从来就不是个容易事。四川有句俗话叫"四川人,竹根亲"。意思是,只要是四川人,甭管你是姓王姓张还是姓李,也不管你是在川西川北还是川东川南,只要慢慢一理起来,说不定祖上就有亲戚关系。"尤其是一个村里的,论起来,这个是老辈子,那个是倒拐亲戚。祖祖辈辈在这个地方都不知道一起生活了多少年,可是,你既然当了书记,有些想法要实施,就会有部分人不理解,这时候,你就得有个橡皮肚子来容忍闲言碎语。"高德敏说。

其实,当年高德敏的脾气可有点"冲"。

那是他第一次竞选村委会主任的时候。他脱口而出的一句话,差点把全村人都得罪了。

那是2002年的事了。那一年,高德敏39岁,正是最好的年龄,况且,那时候他已经创办了自己的企业,在许多人眼里,他大大小小也算是个老板了。

这个昔日的"高加林"怎么从种田能手成为企业老板的呢?

种田嘛,简单得很。

一谈起自己的老本行,高德敏的话匣子就打开了:"庄稼活,不用学,人家咋做我咋做。"

确实也是这样,只要你低下头来,沉默的土地就会给你一种"大道从简"的智慧。在父亲高玉洪的教导下,高德敏在农业劳动方面"出师"了。在地里摸爬滚打几年后，村里办了一个树脂厂，他很幸运地被选派到贵阳科研所跟班学习。那时候，他的目标很简单：回村后，就在树脂厂当一名技术员。

那时候，战旗村树脂厂的主要业务是给一家家具厂做配套，但这种配套门槛低，面临着许多同行的竞争，高德敏意识到，企业要想发展壮大，就得有自己的"绝活"。

"这个很简单，就跟人要在社会上立足是一个道理，没有自己的看家本事，你拿什么来安身立命？"

可是，要想练出"绝活"，可不是一朝一夕的事。

那时候，村办企业，或者说乡镇企业正在全国各地轰轰烈烈地铺开，这些企业有一个共同点，就是生产的产品技术含量低，导致同质化竞争十分严重。更不妙的是，有些企业面对竞争，所采取的对策不是练出"绝活"，而是两个字：降价！

这就形成了恶性循环。

事实上，战旗村树脂厂当时的处境并不妙。高德敏苦思冥想，有一天，他在跟别人下象棋时突然灵机一动：咦，如果在家具厂生产的折叠椅上画上象棋该多好？

他十分兴奋，把手中的棋子高高举起来，啪的一声落到棋盘上："将！哈哈！"

由战旗村树脂厂生产的绘有花卉、象棋的折叠椅一经推出，便在市场上大受欢迎。这让高德敏兴奋不已，他当即就给自己在贵阳科研所的老师肖桂贞写了一封信，报告了这个好消息。接到信后，肖桂贞十分高兴，随即便从贵阳风尘仆仆地赶到了战旗村。战旗村的发展给肖桂贞留下了深刻印象，返程的时候，肖桂贞做出了一个出人意料的举动：她背着一把折叠椅登上了火车。这让高德敏感动不已："没先到肖老师竟如此认可我们的创新。现在回想起来，应该是肖老师见到自己所传授的技术在成都开花结果，也十分高兴吧。"高德敏回忆道。

在树脂厂，高德敏也像当初参加农业劳动一样，全身心地扑在了技术革新上，他认准一点：人，就该像铁一样，到生活和工作的熔炉中去把自己淬炼成钢。然而这也给他带来一个很大的困扰，由于长期接触化工原料，几年后，他的体重竟急剧下降。起初，他还没放在心上，一个初冬的早晨，他在镜子前一照，发现镜中的自己竟然瘦得眼窝深陷，颧骨高高隆起，顿时大吃一惊，一下子瘫坐在椅子上。

第二年，高德敏转行办起了豆瓣厂。

"为什么要办豆瓣厂呢？原因其实很简单。那就是，当我萌生出了转行的念头时，周边也有一些朋友劝我去搞建筑、开餐馆等，我觉得我既然双脚都扎根在了战旗村这片土地上，还是要从这片土地去寻找自己的发展之路。郫县是豆瓣之乡，我自然而然就选择了创办豆瓣厂。"高德敏说。

确实，作为川菜的主要调料，豆瓣堪称川菜灵魂。川西平原农村做豆瓣的习俗由来已久，每年立秋时节，当辣椒变得红通通的时候，家家户户都会飘逸出一股沁人肺腑的豆瓣香味。这香味，混合着辣椒、胡豆、菜油和秋天特有的芬芳，一下子就打开了人的味蕾。

郫县豆瓣尤其风味独特。川菜行家说，与成都平原地区其他地方所出产的豆瓣相比，郫县豆瓣独特在色、香、味、形上。所谓色，是指它鲜红油润；所谓香，是指它制作过程中不加半点香料，闻起来却香味醇厚；所谓味，则是指其口感回味香甜；所谓形，是指郫县豆瓣选用的辣椒块大形美。个中原因，主要是郫都的水质非常独特。由于都江堰的存在，郫都境内河流较多，水系分布均匀，众多的河流形成了郫都区境内丰富的地下水资源，优良的水质给郫都区豆瓣酿造发酵过程中的微生物生存提供了丰富的矿物质养料及水分，使其充分生长并分泌大量的酶类，促使豆瓣中各原料充分分解，从而形成了郫县豆瓣独步天下的基础。

但仅有优质的水源是不够的，实际上，郫县豆瓣有着极为复杂的制作过程。对于高德敏来说，做家常的普通豆瓣问题不大，然而要想办豆瓣厂，做出具有正宗风味的郫县豆瓣，在周围的人看来，就是一个"不可能完成的任务"。

高德敏却自有打算。

这个善于从泥土里汲取智慧的人，早就胸有成竹。

"那时候我确实做不来正宗的郫县豆瓣，那又有啥呢？庄稼活，不用学，人家咋干我咋干。"高德敏还是用自己向朴实而深情的大地学来的"土办法"，踏踏实实地请来豆瓣厂的老师傅，虚心向他们请教，但他请教的办法却有点特别。"这些老师傅手上都有两把刷子，不会轻易传授给别人。我每天跟在他们后面，但到了关键时候，比如说放盐的时候，师傅就把我支开了。为啥呢？因为这涉及比例。可别小看了这个比例，多少斤豆瓣放多少斤盐，可是这些师傅几十年摸爬滚打出来的经验积累。"高德敏没想到，创办豆瓣厂，厂房、工人、原料等诸多难题都不是问题，反而这不起眼的盐巴成了一道难以迈过的坎儿。

经过几个夜晚翻来覆去的思考，高德敏灵机一动。第二天，他自己开始制作豆瓣，在放盐巴时，他也不去征求师傅的意见，对准搅在一起的约二十斤辣椒和豆瓣，直接便准备把一大包（两斤装）盐巴撒下去，这时候，在一旁的师傅急得大喊一声："要不得，只能放小半袋。"一下子，高德敏心中就有数了，而师傅也随即反应过来，在他头上敲打了一下："小伙子，有你的哈。"说完，这一老一少都不约而同地笑了起来。

高德敏创办的豆瓣厂越来越红火。到了1995年，当时战旗村正在大力发展"农工商"三位一体，高德敏也被村上任命为总会计师，负责全村企业的财务。

然而也就在那时候，市场经济中一些不规范的情况冲击到了战旗村一些企业负责人，给集体经济的发展壮大带来了一定的困扰。

三

小农经济固然有其家庭协作、精耕细作的一面，但也有着眼光狭隘的一面。市场经济，既给战旗村的村办企业带来了难得的发展机遇，但也给一些人带来了心理失衡。

"你吃肉，我要喝汤。你发财，我要沾光。"那时候，闲言碎语也在村里散布开了，搅得大家人心浮动。

"银子是白的，眼睛是黑的，看到银子，人的心是慌的。"看到那些损公肥私的现象，高德敏坐不住了。他想起了一件往事——

1981年分田到户时，战旗村的集体资产中有一根长达十米的柏木房梁，市值数百元。按理说，把这根房梁拿到市场上去卖了，再分给大家是最为合理，也是价值最大化的。然而，就在分这根房梁时，现场发生的一幕深深地刺痛了高德敏的心：有一户人家要求公平，就借来一把卷尺，硬是把这根十米的大梁分成了几截，裁断之后，大家分到的那一截房梁也就变成了一米多长。这根原本价值数百元的大梁顿时变得一文不值，无人问津。

"说实话，一直到现在，我都常常拿这件事来告诫自己。我认为，要去追求绝对的公平只会导致大家都贫困，只有人心拧成一股绳，把集体经济发展壮大，才能让大家共同富裕起来。"

于是，高德敏萌生了竞选村主任的念头。

其实，这个念头是时任战旗村党支部书记的李世立给高德敏"催生"出来的。

那时候，李世立一直在默默地观察着高德敏。都是一个村里的，高德敏人生中的每一步，李世立都看在眼里。作为"领头

▲战旗村街景一瞥

羊""当家人",从第一任书记蒋大兴开始,从中青年人中发现、遴选出既有能力,又有担当的人进入村"两委"班子,是战旗村党支部书记的责任所在。

经过几次推心置腹的畅谈,高德敏克服了畏难情绪:"其实开始我并没有担任村干部的想法,因为那时候我自己的豆瓣厂生意挺红火的。但李书记鼓励我,说我能把企业管理得好,相信管理村子也没有问题。但我还是有点担心,管理企业和管理村子毕竟是两码事,老一辈都是看着我长大的,万一管不好,怎么办?"高德敏的担心其实也不是没有道理,企业的盈亏只是自己一个人的事,但战旗村不一样,这是几代人辛辛苦苦从无到有、从小到大发展起来的,万一自己不能胜任……

那几天,高德敏一直茶饭不思,可是另一个声音也在他脑海中不停地劝说他:"这是生你养你的地方,你不去担当,那岂不辜负了这片土地?"

当高德敏终于放下思想包袱,出来竞选村主任一职的时候,没想到,自己心直口快的一句话差点得罪了全村的人。2002年,即将开展村主任竞选会,有个和高德敏私交较好的村民来到高德敏家里,半开玩笑半认真地跟高德敏说:"如果你当了村主任,要多关照我哦。"

听了这话,高德敏感觉心里像被荆棘刺了一下,顿时正色道:"大家选我当村主任,是大家的福分;大家不选我当村主任,是我托大家的福,发我自己的财。"

那人一愣,脸上顿时有些挂不住。

让高德敏没想到的是,当天晚上,这句话就在村里传了开来,立刻就像一块石头丢进平静的柏条河一样,荡开了圈圈涟漪。

"那时候我年轻,说话直来直去,没有那么多弯环倒拐。"说到这里,高德敏脸上微微泛起了一丝酡红,眉宇间闪出羞涩。没想到十多年了,这句话还一直搁在他心里。然而事态的发展却出人意料，起初，在听了高德敏这番很冲的话后，一些村民心里确实有些反感，可没想到的是，在经过一番议论之后，大家反而觉得高德敏实在。

这么多年来，高德敏高考落榜、下田劳动、进入企业等一路走来的经历大家都看在眼里，他所体现出来的能力也让大家十分佩服。的确，如果他不当村干部，专心搞自己的企业，每年可以挣很多钱；但如果他当了村干部，以他的能力，肯定能带领战旗村向前发展。村民里面有好几个辈分比较高的人对大家说："德敏的能力大家都晓得，如果选他当村主任，再加上李世立书记的掌舵，我们放心。"

一番话，顿时消解了大家的疑虑，说得众人纷纷点头。

就这样，高德敏那句很"冲"的话，反而让村民们觉得他很实在，不是虚头巴脑的那种"油条"。

2002年，即将步入不惑之年的高德敏担起了战旗村的"半副担子"，成了战旗村的新任村主任。上任那天，他又说了一番话："大家选了我，我不会为了一些小恩小惠损害大家的利益，因为我有自己的企业，我不缺那点钱，我一定会全心全意为村民服务，尽职尽责，带领大家致富……"

第八章 我想把战旗村打造成一个农业公园

随着十八大的召开,党员们的思想进一步得到了解放。于是,一场润物无声的行动开始了。这一次,是战旗村进行的华丽转身,为了推动产业转型,村委以壮士断腕的决心坚决关闭经济效益较好但污染严重的铸铁厂,同时还关闭了8家化肥厂、规模养殖场……

一

北京的秋天，总是天高地阔，鸽哨悠悠。2012年11月8日，中国共产第十八次全国代表大会在北京召开，在世界的瞩目下，中国迈步进入了新时代。

当天，战旗村组织全村党员认真观看了开幕式。此后一连几天，高德敏都一直守在电视机前，从会场上传来的一个个消息让他禁不住心潮涌动："在新时代思想的引领下，战旗村意识到仅有工业、农业是不够的，这片土地，还应该成为生态优美、经济发达、村风淳朴的农业公园。"

▼风景如画的吕家院子

一连几天，高德敏都在向村党支部班子成员畅谈自己的这一思路。受到他的感染，大家的内心都涌起了一种热烈的情绪。

可是，通往理想的路径在哪里？

两年前，也就是2010年，经过全村党员的选举和唐昌镇党委的考察，高德敏从担任了8年的村主任岗位上转任战旗村党支部书记。当天晚上，在交接完手里的工作之后，高德敏正要回家，老书记李世立对他说："德敏，你先别忙回去，咱们到村里转一转。"

高德敏心里一热，点点头，随即涌上来一阵感慨：8年前，也就是鼓动自己竞选村主任的时候，老书记对自己的称呼为小高，没想到仅仅几年，老书记对自己的称呼就变得如此的亲切。他抬起头，迎着李世立那饱含深情的目光，不由得想起了一件往事。

那是李世立人生中最为关键的时期。

2002年，当高德敏担任村主任之后，党支部书记李世立给他交办了一个任务，协助自己对战旗村的村办企业进行改制。也就是这次改制，让李世立受到了一些误解，但却让战旗村的村集体企业重新焕发了生机，为以后村民集中居住、产业转型等奠定了坚实的基础。

"其实，早在1994年，战旗村所属的集体企业就进行过一次股份制改革试验。试验的目的，是更好发展和壮大村集体经济。那一年，经过反复比较、商量，村'两委'决定将五家效益较好的企业整合到一起，成立成都集凤实业总公司，公司的组织架构由董事会、监事会、股东代表组成。这样做是为了让这些企业向现代企业经营转变。"2022年7月，谈起当年战旗村那令人瞩目的集体企业改制，李世立说。

实践证明，那次股份制改革是成功的，改制之后，仅三年时间，集凤总公司的产值就翻了一番，然而随着时代的发展，到了20世纪90年代末期，由于外部环境的影响和企业经营者理念的制约，战旗村的集体企业又一次走到了一个十字路口。

"那时候，我们村办企业的负责人对经营权和所有权完全不懂，很多人把两者混为一谈。我私下还问过一些村民，村民们都觉得，那些企业负责人既然每年都在向村里交钱，理所当然企业就应该是他们的。"村民们的这一认识让李世立和高德敏忧心不已，他们觉得，战旗村的企业都是集体所有，作为村里的主要干部，村办企业改制的历史责任已经落在了他们的肩膀上。改制的目的其实很简单，理清企业所有权与经营权之间的界限，坚决防止集体资产流失。

十多年之后看来，当时能做出这样的决定可谓具备了极为长远的战略眼光。如果没有这次关于集体资产的思考，战旗村的很多企业很有可能就在当时那种"责、权、利"较为混乱的年代走向了亏损，甚至倒闭的境地。

如果是那样，也就没有了后来战旗村在新时代到来时的蓬勃发展。但在当时，这种思维和做法，却颇有一点"逆风而行"的态势。

经过一番思考，李世立和高德敏觉得，要保住这些集体资产，首先要从思想上入手。于是，他们请来了西南财经大学的专家到村里来上课，然后把讲课的视频录制下来，发给村民们。几堂课下来，一些厂长就坐不住了，他们议论纷纷，甚至有几个厂长还跑到了村委会，要求给个说法。

一时间，仿佛黑云压城，似乎有一场风暴正在酝酿当中。

面对压力，李世立的态度非常坚决：这些企业都是村集体的，而不是个人的，不管有没有人反对，村里都要收回来！

可是，这些负责人多年来把自己的心血都花在了企业的经营上，一下子要喊他们交给村里，他们怎么接受得了？能不能有个两全其美的办法，既能稳定这些经营者的情绪，也能顺利地把企业收回来？

踌躇了许久，高德敏提出了一个思路：采取奖励的方式。也就是说，如果这些负责人把企业交给村里，村委会就进行奖励。

可是这个办法遭到了企业经营者们的抵制，有个别企业家还放话出去，说企业倾注了自己半辈子的心血，就是不交，看村上能怎么样？高德敏愣住了。他没有想到，事情会这么棘手。战旗村的村办企业是从第四任书记杨正忠时开始创办的。那时正值十一届三中全会之后，党中央把工作重心转移到了集中精力搞经济建设上，战旗村也开始探索村级经济的发展之路。以杨正忠为代表的村委班子经过精心筹划，在第三任书记李世炳时代创办的机砖厂的基础上，先后办起了铸造厂、肥料厂、酒厂等十二家企业，为战旗村的集体经济奠定了坚实的基础。

既然奖励的办法行不通，那么就只有另辟蹊径。经过再三思考，李世立和高德敏决定以购买股权的方式稳妥推进。首先进行试点的是战旗村的第一家企业——先锋机砖厂。该厂于1976年年初筹建，1977年年底投产，占地20余亩，建筑面积350平方米。1985年总收入45万元，向国家交税1.8万元，解决本村劳动力181个。

在2002年时，先锋机砖厂有制坯车间、干燥车间、焙烧车间（轮窑），生产设备有750东方红履带推土机一台，450L0292-6制砖机、350制砖机各一台，东风汽车EQ140一辆，汽车、拖车、丰田汽车各一辆，变电及配电线路、汽轮机若干台，总固定资产达30万元。

事情是明摆着的。从一无所有到如今的资产规模，机砖厂走过了漫长而艰辛的道路，企业负责人也倾注了自己的大量心血。在这种情况下，有谁愿意把企业交给集体呢？

可是，现实情况是如此急迫："如果这些企业再拖个两三年不改，估计所有的流动资产都没有了……"后来，李世立回忆说。

在村委的几次动员下，先锋机砖厂经营者终于同意与村委进行谈判，最终，村委在给予经营者一次性奖励30万元的情况下，机砖厂回到了村集体手中。高德敏等人松了一口气，随即又积极推进其他企业的改制。谁知，就在这时候，遇到了难啃的"硬骨头"，也导致李世立步入了人生"低谷"：有一位企业经营者假称有10万元的销售款未收回，始终不和村委配合。最终，李世立千方百计找到了购货方，查到了付款票据，然而该负责人仍不配合。村委决定采取法律手段对该负责人提起诉讼，无奈之下，那名负责人才心不甘情不愿地交出了企业。然而有人随即捕风捉影，向上级谎告李世立贪污受贿，甚至还上门威胁："小心点，不然把你家头人放倒两个。"

在这种情况下,李世立的村干部生涯虽然有些起落,心态却变得更为豁达。面对这些话语,他坦然面对:"我为了保住村里的这点家底,得罪少数人,有利于全村人,值得!"

不仅仅这些,更让人难以忘记的,是企业收回到村集体手中以后,一些村民出于错误理解而采取的行为。

"改制完毕,村集体资产收入大幅增加,整个账面上大约有了四百多万的资金。当时村里共有1750人左右,大家就盯到了这笔钱,还有人提出,不如把这笔钱按人头分下去,每个人可以分到两千多元。"

"有些人说,砍了树子免得老鸹叫。把钱都分了,各人做各人的事,村上也落得清闲。"李世立说。

改制,已经历经了艰难险阻;没想到,改制完毕,这笔村集体资产反而成了一块石头,压得李世立和高德敏两个人更加喘不过气来。

"很明显,当时这笔钱有两种处理办法,一是按人头一分了之,这样估计村里再也听不到任何怨言;第二,把这笔钱作为战旗村下一步发展的启动资金,不但不能分,而且一分都不能动。"

就在村委一班人为这笔资金苦苦思考的时候,一件事情发生了:2004年年初,刚过完春节不久,有个村民来到李世立办公室,一开口就要借钱。原因倒也简单,而且确实家里遇到了困难,有老人生病,有孩子读书,金额也不多,借一万。李世立眉头立马皱了起来:借吧,开了这个口子,恐怕一发就会不可收拾;不借,这个村民也确实是遇到了困难,基层工作,既要讲政策,也不能不顾及世道与人情。

那人满怀期待地等待着。李世立脸上的表情他都看在眼里,毕竟大家都在一起生活,祖祖辈辈都有点沾亲带故,每天抬头不见低头见……他心里已经在开始盘算如何调配这一万块钱了。让他没想到的是，几分钟后，李世立的一句话让他心里凉了半截，随即一股无名火直冲脑门，让他一拳头把李世立办公室的门打了个洞！这还不解气，他又飞起一脚，差一点就把这道门踹了下来。

李世立的这句话是："不能借。"

看着被打了一个洞的门，李世立摇摇头，苦笑不已，然而他什么也没说。等那位村民走后，他轻描淡写地让人去找师傅来修门，随即，他拨通了镇上信用社的电话，简单说明了情况，请求那边帮忙给这位村民贷一些款。

"作为支部书记，村民的困难我不能看着不管，但村里的集体资金一分也不能动，这也是我的原则。这笔钱，就是我老子、儿子要借，都不行！"几天以后，在村"两委"的班子会议上，李世立斩钉截铁地说。

▼建设幸福美好家园

此刻，回想起这段往事，高德敏的眼睛有些湿润。他什么也没说，伸出手，和已经"卸任"的老书记那双温暖的大手紧紧地握在一起。

二

那天晚上，李世立和高德敏进行了推心置腹的交流，他看着眼前这位"接班人"，语重心长地告诫道："当一名村支书，你要做到'三个三'，就能知难而进。"随即，他侃侃而谈："第一个三：一是要有为村民服务的思想；二是要有超前理念和全面的工作能力；三是要有较强的实干精神。第二个三，是要在工作中做到三个明确。一是明确自己干；二是明确实现目标的方法；三是要明确遇到问题的解决办法。第三个三……"说到这里，李世立停了一下，指着远处田野上的风景，目光炯炯地望着高德敏。

正是初秋时节，一弯月牙随黄昏浮现出来，起初若隐若现在树梢头，调皮地伴着村子上空袅袅升起的炊烟起舞，一转眼，又挂在了不远处横山子的山脊上。夜空如水洗过一般，月牙周围的云朵飘逸着，让人心里无比静谧。

这是无比熟悉的景色，可是此刻在高德敏看来，却又有一股新鲜的感觉。李世立不再说话，而是伸出手指，在嘴边轻轻地"嘘"了一声，高德敏会意地支棱起耳朵，两个人站在晚风吹拂的楠木林边，仔细地聆听起战旗村的夜晚来……

随着月牙升起，各种鸟儿也在树林间次第打开了歌喉，唱起晚安曲来。"咕噜——咕噜"，那是斑鸠在模仿着村民的口气焦急地呼唤儿女归巢呢；"爹呀——爹呀"，那是小黑背鸟在摇头摆尾地跟父母撒娇呢……就在这一片闹热的声音中，远远近近晃动起人影,稻谷已经收割,人们正在月光下堆稻草。高德敏突然想起小时候随着父亲堆草垛的情景来:洁白的月光下,父亲站在高高的草垛上,两边是高高的树干,风一吹,树叶簌簌作响。年幼的自己则双手叉腰,仰头望着满天闪烁的星斗……

"德敏,你看咱们的战旗村美不美?"李世立问道。

高德敏笑道:"美不美,家乡景。战旗村生养了我,怎么会不美呢?"

李世立点点头:"是呀。眼下,战旗村的接力棒交到了你手中,你可别辜负了乡亲们的信任啊。"

随即,李世立又说道:"我心中的战旗村,是鸟语花香、经济富裕、老少皆乐的一座农业花园。德敏呀,你能带领大家实现这个理想吗?"

望着老书记充满期盼的目光,高德敏迟疑了一下,随即,又坚定地点了点头,回答道:"放心!"

三

"我想把战旗村打造成一个农业公园,用一、三产业互动的方式来发展我村的经济,通过农业休闲旅游项目实现村民的增收,努力把战旗村打造成AAAA级景区!"2011年10月22日,在山东临沂的第十一届全国"村长"论坛期间,高德敏向参与会议的一些"三农"专家畅谈了自己对于战旗村未来发展的构想。

这个构想是有坚实的基础的。就在两年前,也就是2009年,战旗村全体村民们的集中居住区修起来了,都是两户一栋的别墅,错落有致,宽敞明亮。让人倍感亲切的是,这些别墅的色彩和屋顶都是按照传统川西民居的风格来修建的,青瓦白墙,飞檐翘角,特别是，环绕在这一栋栋别墅周围的，是一棵棵香樟、桂花、枫杨，这些数十年乃至上百年的树木都被精心保护着，枝叶轻摇，弥散着别样的情致……

村民集中居住，让战旗村一下子盘活了集体土地资源，更让战旗村摇身一变，犹如一座被青绿的庄稼环绕着的时尚而别致的风情小镇。

说起这个集中居住区，还有一个小小的插曲：当房子的户型设计图张贴在村委会门口让村民们发表意见时，很多人都呆住了。他们没想到，即将修建的住房竟然有个车库。

别说普通村民，其实，就连当时县里的一位领导在无意当中看到了户型图之后，都感到疑惑甚至惊讶，他问李世立："你们村里有多少辆车？"

李世立答道："现在有二十多辆。"

这位领导脸色顿时有点"晴转阴"了，李世立微微一笑，不慌不忙地解释道："我们这个不是资源浪费。现在我们有二十多辆车，五年以后呢？十年以后呢？"这一番话，说得在场的人都笑了起来。是啊，谁说农民的住宅就不能像城里的商品房一样拥有自己的车库呢？

那位领导的担忧也是有道理的，他怕浪费了战旗村的集体资产，然而当李世立这样一说，他立刻就明白了眼前这位"庄稼人"对未来美好生活的憧憬。

从山东回来后，高德敏随即召开了村委班子会议，谈了自己在外考察的感受。战旗村的蓝图开始一步步变得清晰起来：随着沙西线的开通，战旗村原本僻远的"三县交界"的地理劣势转化成了四通八达的交通优势，如果顺应时代发展，抓住市场需求，战旗村的生态价值和优美的人居环境必将转化为新的产业支撑点。

随着十八大的召开，党员们的思想更加得到了统一。是的，绿水青山就是金山银山。如果说，在过去的岁月，战旗村以红色战

▲ 原林盘式聚落与今日集中居住新型社区

旗、金色战旗的思路让全村得到了大幅度的发展，那么，新的时代，绿色战旗将会是战旗村迈步向前的崭新目标。

思想得到了解放，战旗特色和战旗速度的优势立刻就体现了出来。于是，一场无声的行动开始了。这一次，是战旗村进行的华丽转身。为了推动产业转型，村委以壮士断腕的决心坚决关闭经济效益较好但污染严重的铸铁厂，同时还关闭了8家化肥厂、规模养殖场……

"关闭这些企业的时候，我心里其实很不好受。那种感觉，就像眼睁睁看着陪伴自己多年的一个个老朋友要离开自己。毕竟这些企业的创办都不容易啊，它们凝聚了几代战旗村人的心血。要知道，人数最多的时候，村里有四百来人在这些企业里务工，他们中，有父子，有母女，有兄弟，有姐妹，这么说吧，这些企业早已和战旗村的乡亲们血肉相融。可以说，没有这些企业，也就没有战旗村的今天。"高德敏动情地说。

做出关闭污染企业的那天下午，高德敏信步来到位于横山脚下战旗村历史上第一家企业——先锋机砖厂——的厂址面前，这里已经是一片空地，坝子里杂草丛生。高德敏推开形同虚设的铁门，站在坝子里，抬头望着头顶起伏的横山子，耳边似乎又响起了当年修建轮窑时那声声震天地的"大干一百二十天"的铮铮誓言……他不由得浑身一颤，心里百感交集。随即，父亲高玉洪当年教他打连枷、干农活的一幕又闪现出来：

"德敏啊，干农活不能光晓得使蛮力，要动脑筋。以后的时代，农民可不是只要有一把力气就可以胜任的，要想生活变得更好，需要你们这一代有知识、有文化的新农民！"

是的，时代在进步，群众对于美好生活的向往要求战旗村必须顺应时代的发展。

关闭了污染企业以后，战旗村随即确定了大力发展乡村旅游的工作思路。村委认识到，这一思路主要是充分整合区域生态、文化、民俗等资源，以农商文旅深度融合发展的思路培育战旗乡村产业新优势，促进村民增收致富。

2018年，中央电视台综合频道所播出的《我们一起走过——致敬改革开放四十周年》纪录片重点报道了战旗村改革开放及乡村振兴工作取得的成果，并评价"这就是乡村振兴最美好的样子"。解说词里说道："在全国乡村振兴的大背景下，战旗村紧紧围绕'五个振兴'，按照'二十字方针'的总要求，形成了战旗村乡村振兴'领、创、改、治、富、美、育、文'的八字诀。"

如果用战旗人的语言来细细品味这八个字，你会有意想不到的收获：领，火车跑得快，全靠车头带；创，有创造才会有创收，有创收才能有兴旺；改，大家的事我关心，集体的事我参与；治，与邻为善、以邻为伴、守望相助；富，一人富不叫富，大家富才是真的富；美，没有绿水青山，哪来金山银山；育，抓好人才培育，形成人才梯队；文，抓好乡风文明，丰富精神生活。

实践证明，"八字诀"这一思路是行得通的。郫都地处都江堰精华灌区核心区，上风上水，八河并流，生态优势明显。战旗村在发展乡村旅游过程中，依托这一生态优势，培育了农业新业态，开发农事体验旅游。

2018年年底，战旗村的村集体资产达到了5600万元，村集体经济收入突破520万元，村人均纯收入实现2.8万余元，并被农业农村部评为2018年"中国美丽休闲乡村"。

▲夜色斑斓，彩灯闪烁

第九章 党建的力量

蜀国曾闻子规鸟,宣城还见杜鹃花。
一叫一回肠一断,三春三月忆三巴。
李白的这一首《宣城见杜鹃花》把我们带入了阳春三月杜鹃盛开的场景之中。那光彩夺目、鲜艳欲滴的杜鹃花海是由数不尽的花朵组成的,它们把枝丫团团围住,在春天的阳光里显得更加鲜艳。在战旗村,这一朵朵花更像一朵朵火焰,从每一个党员内心燃烧出来。它们所发出的光芒汇聚到一起,就是战旗村强大的党建力量。

一

尊敬的各位领导、各位来宾：

大家上午好！

夏日炎炎，大家来到郫都区唐昌街道战旗村共同见证乡村十八坊开坊仪式！经过一年的艰苦奋斗，我们迎来了乡村十八坊的开坊。这里我代表战旗村"两委"及全体村民向参加开坊仪式的各位领导和朋友表示热烈的欢迎！向关心乡村十八坊、支持乡村十八坊、指导乡村十八坊建设的领导、专家、工匠们表示诚挚的感谢！

产业发展是乡村振兴的基础。乡村十八坊是我村利用集体资源，整合乡村工匠，把民间小作坊打造成为乡村旅游的一个特色产业，是战旗村深化农商文旅融合，培育新的经济增长点，探索集体经济发展的新模式、新举措。乡村十八坊以传承非物质文化技艺为核心，集产品制作展示、参观学习、体验销售于一体，采用前店后坊的运作方式，展示郫县豆瓣、蜀绣、唐昌布鞋、"三编"等多项非物质文化遗产传统技艺。在这里，游客既可以游览参观每个坊的工艺产品生产过程，又可以参与工艺产品制作的互动体验，还可以购买传统工艺产品。

今年2月12日，习近平总书记来到战旗村视察，给我们带来了千载难逢的发展机遇。战旗村要坚决贯彻中央以及省、市、区委关于乡村振兴的重要指示和精神，按照乡村振兴"二十字方针"和"五个振兴"总要求，加快建设幸福美丽新乡村，牢记习近平总书记的嘱托，继续"走在前列，起好示范"！

最后，祝各位领导、各位来宾身体健康、工作愉快！

谢谢大家！

2018年8月8日,一个既普通又特别的日子。时令刚过立秋,蔚蓝的天空里,飘浮着一朵朵棉花般轻盈的白云。夏天的酷热已经远去,举目四望,但见天高云淡,只觉秋高气爽,就像诗人杜运燮所吟咏的那样:

连鸽哨也发出成熟的音调,过去了
那阵雨喧闹的夏季
……
现在,平易的天空没有浮云
山川明净,视野格外宽远
智慧、感情都成熟的季节啊
河水也像是来自更深处的源泉
……
吹来的是第几阵秋意?醉人的香味
已把秋花秋叶深深染透

此刻,田野里泛起阵阵稻谷的清香,一阵风过,战旗村村头的楠木林又是枝叶轻摇,芬芳淡淡。

上午10点,战旗村乡村十八坊一期工程正式建成开坊。在热烈的掌声中,高德敏红光满面地走上发言席,向前来出席开坊仪式的领导和嘉宾致以谢意,前面所引用的,就是他的致辞。从字里行间可以看出他内心的兴奋和对战旗村未来充满的希望。

自从习近平总书记在2018年年初视察了战旗村之后,战旗村的发展迅速步入了快车道。乡村十八坊就是战旗村顺势而为,在乡村旅游发展道路上推出的一个重点项目。

整个乡村十八坊占地80余亩,由豆瓣坊、酱油坊、陶艺坊、榨油坊、酿酒坊、布鞋坊、蜀绣坊、竹编坊、布染坊等传统工艺作坊组成,是一个以非遗、美食为主题的旅游商业文化综合体。

这个综合体可谓来之不易。它的建成,是战旗村深化农商文旅融合,培育新的经济增长点,探索集体经济发展新模式的重要举措,是展示和弘扬工匠精神的重要载体,更是战旗村贯彻中央以及省、市、区党委和政府关于乡村振兴的重要指示和精神,牢记总书记的嘱托,大力实施乡村振兴战略的重要组成部分。乡村十八坊让战旗村在发展农村集体经济方面又迈出了一步,正如高德敏所说,它的开坊,标志着在战旗村里,一个集旅游、酒店、餐饮、休闲于一体的乡村特色景观带正在形成。而这背后,有78名党员的默默付出,他们用行动诠释了"一个党员就是一面旗帜"的党建精神。

"作为战旗村的党员,任何时

候，我们都秉承一个原则，那就是吃苦在前。"高德敏说，"为啥呢？原因很简单，大家都看着呢。"

2016年，当战旗村"两委"准备依托已初具特色的乡村风貌，结合柏条河、柏木河两河湿地，以及沙西线沿线风貌提升项目，规划建设乡村十八坊特色农耕作坊体验区时，没有人下命令，村里的78名党员第一时间就自觉地来到了建设工地。他们来到工地上并不是要站到高高的脚手架上去，而是为了一件事：搬砖。

搬什么砖呢？

能体现川西平原民俗风情的那些老砖旧瓦，以及各种老物件。

战旗村并不缺钱，但并不意味着花钱可以大手大脚。犹如当年企业改制时集体账面上的那四百多万元一样，每一分钱都必须用在能推动战旗村向前发展的刀刃上。

还在乡村十八坊规划论证期间，战旗村就抓住郫都区花园镇街道旧城拆迁的机遇，组织人力、物力和财力拆运回了近15万块免费的旧瓦，收购了近25万块旧砖和逾20吨旧木料，为乡村十八坊完美呈现原汁原味的老川西民居风情奠定了坚实的基础。最值得一提的，是乡村十八坊门口的木牌坊，是当年都江堰二王庙重建时"淘汰"下来的，被有心的战旗人幸运地"捡"了回来，并让它重放光彩。

▲火车跑得快，全靠车头带

一

　　节俭是战旗村的传统，也是多年来战旗村历届党支部班子能够获得群众信任和拥戴的原因之一。

　　战旗飘飘，名副其实。习总书记的这句表扬可不是随口说的，而是在充分了解了战旗村数十年如一日地狠抓党组织建设的基础上的对战旗村党建的认可和表彰。

　　"你晓得不，总书记来视察之后，相关部门专门到战旗村来，对我们村'两委'班子每一个人的经济收入都摸了底。"2022年7月，战旗村村委会主任杨勇给我解了一个密，"从第一任书记开始，这么多年来，我们村'两委'班子没有一个人利用过手中的职权为自己谋利。这，也是我们值得骄傲的地方。"

确实，早在蒋大兴担任党支部书记的时代，当时战旗大队的出纳周继尧就落了一个"周抠抠"的称呼。在川西平原的方言里，"抠"是形容一个人吝啬的意思，连用两个"抠"字，可想而知，这个人在大家的心目中是如何吝啬。

但是周继尧所吝啬的，是村里的集体资产。

李世立回忆说："从战旗大队成立以来，村里每个月的开支都要向群众公布。那时候没有电脑、打印机，我们就用油印机把账目油印出来，再张贴到各生产队去。那时候周继尧担任出纳，大队上哪怕买一根绳子都记得清清楚楚。"

"火车跑得快，全靠车头带。"从1965年到2022年，五十多年来，战旗村从"一个木头文件柜、二间茅草房、三把圈椅、三个猪棚，以及700元债务……"那让人羞愧得脸红的"家当"，到如今闻名全国的乡村振兴示范村，走过的道路可谓艰难曲折，其间也经历了时代的风风雨雨。但仔细一瞅，那刻在岁月之中的步伐，每一步都走得那么踏实有力，前面的道路也越走越宽广，这其中，皆因抓住了党建工作这个"核心"，这个"灵魂"。

如果说党建工作的核心之一是清廉，那么"引领"就是战旗村党建工作的另一个特色。"在战旗村，党员们要经常问自己：入党为了什么？作为党员做了什么？作为合格党员示范带动了什么？"高德敏说。

战旗村原有党员70多人，2020年6月，紧挨着战旗村的"金星村"也并入了战旗村，一时间，战旗村从原有的9个村民小组扩大成了拥有140个林盘、16个村民小组的大村，原来的党总支也改为了党委。就在合村后不久，2020年7月，一场突如其来的暴雨袭击了战旗村及其附近区域。由于猝不及防，原金星村境内位于柏条河边低洼处的几户人家来不及转移，暴涨的河水就漫过河岸，进入了他们的院子、屋里。当天晚上，高德敏穿着雨衣，打着手电，冒着倾盆大雨，走进齐腰深的水里，指挥闻讯而来的党员们把这几户人家转移到了安全地带。第二天,高德敏多年的肾结石就复发了,不得不躺到了病床上。

任何时候,都必须吃苦在前,冲锋在前,这就是战旗村党委对每一个党员的基本要求。"在战旗村,每一位党员都要发挥先锋模范作用,要带着大家干,干给大家看。"高德敏说。

其实在战旗村,党建的力量所体现出来的,不仅仅是党组织那坚强的堡垒作用,很多时候,它更显得柔情而亲切,充满了中国乡村社会特有的人情味。也因此,战旗村才会像一棵枝繁叶茂的大树那样,充满了迷人的魅力。这个魅力,甚至吸引了远在千里之外、一直生活在吉林榆树那白山黑水间的刘彦夫妇。

"我是被战旗村和煦的春风吸引过来的。"在战旗村村委会的办公室里,刘彦说。她这个绝妙的比喻一下子就吸引了我。从关外北国来到西蜀之地,气候、风俗、生活习惯都有着巨大的差异,可是刘彦却反而显得更年轻了。她一笑起来,更像个五十来岁、充满活力的人,而不是我们印象当中68岁的老人。

我在战旗村第一次见到刘彦的时候,她已经不再是当初那个立在村口的广场上哭得稀里哗啦、哭得让人心碎的东北老太太,而是战旗村里人人都熟悉和觉得亲切的"刘大妈""刘大姐"。无论什么时候,战旗村的年轻人只要一见到刘彦,就像见到自己的长辈一样,远远便迎上前去,亲热地叫她一声:"刘大妈,又要去入户啊?"

刘彦爽朗地一笑:"我是战旗村的党员,入户就是走亲戚嘛。"

而那些与刘彦年龄相近的太婆、大妈们则经常给她发来信息:

"妹妹,我地里的茄子今年结得特别好,给你摘了几根,放在你门口了哈。"

"刘姐,我儿子今天带女朋友回来了,你一定要到我家来吃晚饭,一起高兴高兴啊。"

看得出来,刘彦特别享受这样的生活,"我不光是战旗村的一名党员，还是支部委员、党小组组长，我们有个'志愿者大妈队'，经常开展各项公益活动，好久你来看看我们的演出？"

"给你解个密吧，我可是第一个经过郫都区正式认可的战旗村新村民。"介绍着自己的这一个个"特殊身份"，刘彦脸上露出特别自豪的表情。我心里突然一动："刘大妈，东北那么远，你怎么会到战旗村来，而且一来就不走了呢？"

刘彦脸上突然闪过一丝不好意思的神情，随即，这神情又转成了一脸的幸福："我呀，是因为21万块钱来到战旗村的。"我顿时万分惊讶。看着我惊诧的表情，刘彦笑了："这件事呀，说来可就话长了。"

5年前，也就是2017年，那时候总书记还没有到战旗村视察，可是战旗村优美的环境已经传到了刘彦的耳朵里。曾经在吉林榆树宝树庄担任过三年大队书记的刘彦，此时正和老伴一起在郫都区三道堰享受他们的退休生活。到战旗村来算是一个偶然，当时战旗村的第五季·香境商业街已经开街，因为三道堰老年人较多，刘彦的老伴觉得很吵，就想寻觅一个安静的地方。得知商业街有公寓的时候，老两口就一起来到了战旗村。

那年12月的一天，因为老伴有事，刘彦一个人坐着公交车来到了战旗村。这一次，她随身携带的小挎包里，装着21万元现金，是准备用来交购房款的。谁知到了香境商业街的售楼部外面，因为现场人太多，售楼人员一时忙不过来，刘彦就来到了外面的广场上，准备等会儿再进去。广场上人声鼎沸，刘彦站了一会儿，就坐在绿化带旁边的一块石头上拿出手机玩了起来，玩着玩着，她想去上卫生间，就大步离开了那块石头。等她上完卫生间出来，又被不远处怒放的一树梅花吸引住了，不由自主拿着手机走了过去。正当刘彦喜滋滋地拍着那如火焰一般的梅景，突然呆住了，心"怦怦怦"地跳个不停——她突然想起来，自己把那个装了21万元现金的包丢了！

这 21 万元可是自己和老伴用来养老的钱啊。一旦……刘彦越想越怕，急忙朝广场上走去，可是此刻广场的人已几乎是摩肩接踵了，到哪里去寻找那个包？

完了完了，包肯定丢了。

情急之下，这个 63 岁的老太太哇的一声大哭起来，两行泪水止不住地往下流。刘彦的哭声吓了周边的人一大跳，迅即就有一群大妈围了上来，她们都是战旗村的老人。听了刘彦的述说，这些老太太、老大爷顿时急了，大家急忙分工，有的去警务室报警，有的询问了刘彦后急匆匆地向卫生间、梅树下走去，漫长而又短暂的瞬间之后，大爷大妈们双手空空地回来了。看着他们失望的神色，刘彦心里更加绝望，她瞅着人来人往的广场，内心像坠进了冰窟窿里，只感觉呼吸越来越急促……就在这时，警务室里那个年轻的警察把一只手背在身后，在一群人的簇拥下，向她走了过来：

"大妈，你那包里都装了什么东西呀？"

刘彦一口气答道："有 21 万元现金，另外，还有我的身份证等一些私人物品。"

"你身份证上叫什么名字？"

"叫刘彦，吉林榆树人。"

年轻的警察笑了："大妈，您别哭了，钱都在这儿呢。"说完，他把手从背后拿了出来，刘彦那个小挎包正端端正正地攥在他的掌心里。

原来，这个包就是在刘彦之前坐过的那块石头旁捡回来的。刘彦因为掉了包而急得六神无主，加上起初也是随意坐下，所以忘记了去那石头边仔细寻找。没想到，广场上虽然人来人往，但却没有一个人去将那个包拿走。

"我真没想到，战旗村的民风如此淳朴。以前知道有路不拾遗这个词，但自己都不相信，没想到在战旗村，我真的见识了什么叫路不拾遗。"

当天，刘彦就决定在战旗村长期住下来。办好购房手续后，她又和老伴一起在村里开了一个东北饺子馆。馆子开了三年，刘彦也像一棵树把根须深深地扎进了战旗村里。2018年5月，她把自己的党组织关系从老家转到了战旗村；2021年开年，老伴生了病，半年后，老伴去世。2021年6月17日，刘彦把老伴的骨灰送回了老家，简朴而隆重地安葬了老伴后，刘彦就返回了战旗村。"我在战旗村找到了归属感。"刘彦说。

老伴多才多艺，在开饺子馆期间，还给战旗村写了一首"诗"，叫《战旗赞》。2021年6月28日，刘彦在战旗村庆祝中国共产党建党一百周年的文艺汇演上，饱含深情地朗诵了自己和老伴的心声：

背青山，两河间，幸福安康。
战旗飘，指方向，书记领航。
战旗人，心向党，无比坚强。
讲文明，正气扬，道德高尚。

生态美，如画图，鸟语花香。
一排排，别墅房，宽敞明亮。
屋前后，街路旁，花卉芬芳。
竹间巷，渠成网，风物清爽。

生态园，采摘忙，游人向往。
十八坊，大工匠，远近名扬。
一里街，上千样，欢迎品尝。
奔小康，树榜样，无限荣光。

高高飘扬的党旗下，刘彦那柔美而激昂的声音响彻全场，迎风飞向波光粼粼的柏条河，飞向蜿蜒起伏的横山子，飞向了千里之外的白山黑水……

三

战旗飘飘，人心昂扬。

如果要探询战旗村的党建工作为什么会显得如此与众不同，也许，我们应该把目光投向历史深处。在这片土地上，始终涌动着不变的红色基因，有着光荣的革命传统。

早在1927年，当蒋介石在上海发动"四一二"反革命政变时，今日战旗村所在的崇宁县境内就有了共产党员活动的身影。

1927年7月，国民党右派在成都少城公园（即今天的人民公园）召开"清党大会"镇压中共党员，并张榜通缉共产党人刘愿庵、刘亚雄、罗仲安等同志。罗仲安暂回家乡进行地下活动。

回到崇宁后，罗仲安迅速就和当地的党组织取得了联系。在他的带领下，中共党员何运农、石兆祥、刘绍成、易伯容等人在灵圣庵附近的易家老院子书房内进行革命工作。革命的火种一旦点燃，迅疾就勃发出燎原之势。

不久，崇宁县的农民协会就成立起来，十里八乡那些深受压迫剥削之苦的贫苦农民纷纷前来。一时间，以灵圣庵为主要活动场所的农民协会声势大壮。在农协的大门上，两面红旗高高飘扬。这两面红旗上绣的图案可谓意味深长，上部绣着镰刀、锤头，下部则绣着犁头，表示工农联合。

每天早上，"打倒军阀列强""红日未升天未晓，庄稼佬起来了"就在农协大门外的坝子里激昂地响起。然而，正当农协兴旺发展之时，崇宁县却发生了军团冲突。五卅惨案三周年之际，崇宁县召集工、农、商、学、兵万余人举行集会游行，谁知在游行之后，与驻军发生了冲突，民团大队长、中共地下党员万伯钊不幸牺牲。国民党驻军包围崇宁县城达十多天，农协被迫收了红旗，一般农民群众自行散去，罗仲安等同志也被迫返回成都，以"同仁药房"为地下党活动的基地。

1933年，由于叛徒告密，罗仲安父子三人被捕。敌人软硬兼施，罗仲安始终坚贞不屈，被判刑十年。

1965年，战旗大队成立。从蒋大兴到高德敏，五十多年间，先后八任书记始终以身作则，严格要求自己，从未挪用过一分一文公款、侵占过集体一草一米，从而凝聚了人心；而从最初的党支部到党总支，再到党委，战旗村始终把党建工作放在首位，他们以党建引领经济建设、政治建设、文化建设、社会建设和生态建设，充分发挥党支部的战斗堡垒作用和党员的先锋模范作用，从而纲举目张，让战旗这面旗帜始终高高飘扬。

如果要对战旗村的党建工作做一个概括或者提炼，那应该是四十个字，这也是董筱丹教授在《一个村庄的奋斗》书里提出来的"战旗启示"：党建引领，勇于担当；集体为先，团结互助；艰苦奋斗，敢于创新；与时俱进，善用政策；公字当头，勇于斗争。

而在李世立看来，党建就是战旗村的"战旗魂"："要牢牢守住自己的'战旗魂'。这个'魂'，我个人的总结就是三点，一是艰苦奋斗，二是紧跟中央，三是党建力量。"2022年7月，李世立说："战旗村要始终坚持发展集体经济和共同富裕的方向，同时也要因地制宜，把握好自己的发展路子。"

在与金星村合并之前，战旗村就开始创新推行了"三问三亮"党建工作机制，有效解决了党员在思想、组织、作风、纪律等方面存在的问题。

"全村83名党员对照反思'入党为什么？作为党员做了什么？作为合格党员示范带动了什么？'这三问，共查找出宗旨意识、党性修养、理论学习等方面问题171条。每名党员因问施策，主动联系服务3至10户农户，将服务群众的过程转化为推动整改落实的过程；狠抓党员'亮身份、亮承诺、亮实绩'，通过悬挂'党员户'醒目标牌、设立党员示范岗等亮身份的方式，发挥党员的模范带头作用，组织全体党员开展政策宣讲等'六项党员公开承诺'，推行'群众点评、党员互评、组织总评'工作制度，将守诺践行情况作为党员民主评议重要内容和提拔任用的重要参考。同时开展'三比三赛'活动，筑牢干部理想信念，形成了比学赶超、积极创新进取的良好氛围，激发了带头干事创业的动力活力，带动群众解放思想，开阔眼界，有效消除了小富即安的小农经济意识，实现了'人'的振兴。"高德敏总结说。

从沙西线拐下来，进入战旗村，首先映入眼帘的，是立在路边的八个大字：走在前列，起好示范。再往前，穿过镌刻有"感恩奋进　不忘党恩"八个红色大字的广场后，再直行约百米，就能看到路边有一块巨石。巨石上，横刻着"四川战旗乡村振兴学院"几个鲜红的大字，石头前方，矗立着三根旗杆，上面飘着三面不同颜色的旗帜。

进入正门，迎面而来的是一个池塘庭院。池塘间立着一座木亭。这亭子用料简朴，但飞檐翘角，翼然欲飞。亭叫"知行亭"。表面看来，这个名字似乎与大家熟知的现代著名教育家陶行知先生的名字"行知"正好相反，其实两者都是中华优秀传统文化里所倡导的"知行合一"的意思。

"知行亭"三个字的下面，有一副楹联：

求知有道，向学斯成学；
践行无迹，知难已不难。

这里就是 2019 年 2 月 12 日正式建成并投入运营的四川战旗乡村振兴培训学院。它标志着战旗村的党建工作迈上了一个崭新的台阶。

时光回溯到 2018 年 6 月。

自 2018 年 2 月 12 日习近平总书记亲临战旗村视察,殷切嘱托"要继续把乡村振兴这件事办好,走在前列、起好示范"之后,郫都区委、区政府始终牢记总书记嘱托,全面落实"五大振兴"总体部署,牢牢抓住乡村人才振兴这个关键,经省民政厅和成都市相关单位批复同意,自筹资金、自主经营、自治管理、自负盈亏,创新开办四川战旗乡村振兴培训学院的事宜就紧锣密鼓地提上了议事日程。战旗速度、战旗精神又一次得到了强有力的呈现:

2018 年 6 月,战旗村村办企业郫县润源铸造有限公司开始拆迁,在原址上筹备建设战旗村乡村振兴学院。仅仅半年后,这座学院就气势恢宏地呈现在了人们面前。

在知行亭的池塘前方,是学院的综合大楼和多功能厅。学院一期占地 18 亩,建筑面积 6500 平方米,拥有多功能厅 1 个、培训室 7 个、会议室 2 个、接待厅 1 个、沉浸式教室 1 个、录播室 2 个,能同时容纳 1200 人培训学习。

学院建成后,累计举办培训班 184 期,培训 2.5 万人次,先后被列为国家乡村旅游人才培训基地、半月谈基层治理智库基地、省社科院科研教学基地、省交通厅培训基地,多次承办全国乡村旅游(民宿)工作现场会等重大活动。

尤其重要的是,战旗乡村振兴学院始终坚持人才培育助推农业农村现代化方向,提高劳动者全员素质,推动农村一、二、三产业融合发展,促进产业发展和社会进步相融相长、耦合共生。特别是在农村人才培育上,坚持以"前厂后校"模式开展人才订单培养,以"引企入校"模式开展靶向技能提升,提高人才培育精准度和可

及性。针对村民居家灵活就业多、就业技能水平不高等现实特点，常态化举办蔬菜种植、乡村旅游、蜀绣等专业技能培训班，与淘宝大学合办电商培训班，累计培训"三农"人才1.8万人次，培养种植能手、乡村工匠860人，培育新型职业农民500余人、农民创客1000余人，落地落实《成都市郫都区乡村振兴特色产业（10+3）发展纲要（2019—2023年）》，培育壮大蜀绣、盆景、郫县豆瓣等十大特色产业，完善科技创新、智能农机、冷链物流三大支撑体系，有力地助推了乡村的产业振兴。

在此之前，在党建力量的感召和指引下，从2012年开始，战旗村的产业振兴就开始了质的提升，妈妈农庄就是他们引进的第一个将农业、旅游、商业深度融合在一起的项目。

妈妈农庄的全称是第五季·妈妈农庄，被称为成都的普罗旺斯。它北面紧邻波光粼粼的柏条河，西边则与都江堰的山水相互依偎，是郫都区第一个创AAAA级景区，集观光农业、酒店、餐饮、会议会务服务、拓展训练、婚纱外景基地、婚庆整体服务、运动休闲、乡村旅游度假、当代艺术观赏为一体。

在占地650多亩的农庄里，最使人流连忘返的，是那一片辽阔的薰衣草花海。2012年6月20日，首届薰衣草文化旅游节在战旗村举行，短短一个月时间，就吸引了来自成都市及周边地市州的游客30多万人次，人数最多的一天达到5万多人。

战旗村的乡村旅游火了。

2015年9月7日上午，在当时的郫县公共资源交易中心里，随着一阵热烈的掌声，被称为四川省农村集体经营性建设土地入市交易第一槌落下：战旗村原村办复合肥料厂、预制构件厂和村委会老办公楼总计为13.447亩的集体建设用地被迈高公司以52.5万元/亩的价格拍了下来，取得了40年的使用权。

这块建设用地使用权竞拍总价为706万元。2016年11月7日，由战旗村和迈高公司共同出资，注册成立了战旗村景区运营平

▲走在前列，起好示范

台——四川花样战旗旅游景区管理有限公司。2018年4月，战旗村第五季·香境商业街正式启动运营……

五

> 蜀国曾闻子规鸟，宣城还见杜鹃花。
> 一叫一回肠一断，三春三月忆三巴。

2015年4月18日至5月20日，由中国花卉协会杜鹃花分会在战旗村主办的精品杜鹃展吸引了大量游客。正是由春入夏的季节，杜鹃花开得光彩夺目，鲜艳欲滴。来自天南海北的游客们徜徉在花海之中，尽情领略这蜀地杜鹃的独特魅力。不经意间，李白的这首《宣城见杜鹃花》回荡在人们心间。

杜鹃花十分美丽，有深红、淡红、玫瑰、紫、白等多种色彩。当春季满山红开放时，满山鲜艳，像彩霞绕林，被人们誉为"花中西施"。

郫都是杜鹃鸟的故乡，而杜鹃花，与古蜀时期的望帝杜宇有关，有着许多让人百感交集的人文传说。

相传，古代的蜀国是一个和平富庶的国家。那里土地肥沃，物产丰盛，人们丰衣足食，无忧无虑，生活得十分幸福。

可是，无忧无虑的富足生活使人们慢慢地懒惰起来。他们一天到晚醉生梦死，纵情享乐，有时连播种的时间都忘记了。

当时蜀国的皇帝名叫杜宇，是一个非常负责而勤勉的君王，他很爱他的百姓。看到人们乐而忘忧，他心急如焚。为了不误农时，每到春播时节，他就四处奔走，催促人们赶快播种，把握春光。

可是，如此年复一年，人们养成了习惯，于是杜宇不来就不播种了。

但是，杜宇积劳成疾，最终告别了他的百姓。可是他对百姓还是难以忘怀。他的灵魂化为一只小鸟，每到春天，就四处飞翔，发出声声啼叫：布谷，布谷。直叫得嘴里流出鲜血，鲜红的血滴洒落在漫山遍野，化成一朵朵美丽的鲜花。

人们被感动了，开始学习他们的好国君杜宇，变得勤勉和负责。他们把那小鸟叫作杜鹃鸟，把那鲜血化成的花叫作杜鹃花。

这是关于杜鹃花与望帝杜宇的传说之一。郫都是古蜀农耕文化的起源地，这里的人们勤劳、善良，同时又善于捕捉时代的发展潮流，将自己的聪明才智与时代需求紧密结合，从而造就了这片土地一轴又一轴光彩夺目的画卷。

杜鹃花不只是美丽的，更是充满着力量的。当它迎着春光怒放的时候，那数不尽的鲜艳的花朵，把枝丫团团围住，一簇簇，一团团，像是一朵朵小小的、跃动的火焰。

这一小朵一小朵的火焰就像战旗村每一个党员所发出的光芒。它们汇聚到一起，就犹如战旗村强大的党建力量，绽放成了阳光下最美的风景。

第十章 战旗如画

横山之阳，柏水之滨。西通灌口，北接天彭。
青畴沃野，阡陌纵横。秀毓天地，代有豪英。
兴邦救国，各建奇勋。乃文乃武，名垂丹青。
缅之颂之，永励来人。今逢盛世，百业振兴。
城乡竞美，万象欣荣。咏之叹之，以示来宾。

一

那是一棵皂荚树。约人的腰身粗，树身扭起来，摊开三五枝蓬勃的枝丫，似乎要与旁边的楼房比个高低，一树绿叶纷纷攀向空中的悠悠云朵。

战旗村的树木种类繁多，有楠木、香樟、黄桷树、小叶榕，和覆盖着厚厚的、黄褐色树皮的高高的桉树等，在第五季·香境商业街的街区里，还有一棵近百年的皂荚。

2022年3月的一天，我走到了这棵皂荚树下，只见它树皮青黑，枝叶稠密，高高的树冠向着天空伸展，在地面投下一片浓荫。皂荚一般在初夏开花，秋季结果，再过两三个月，在一片蝉鸣声里，那浓密的枝叶间就能看见皂荚板，这儿吊一个，那儿吊一个，像月牙一样弯曲着，煞是好看。

这也是战旗村的特点：在一大片时尚而别致的别墅群里，你随处都能找到乡愁，也许是人家房前屋后的一行蔬菜，也许是几棵修长的翠竹，而这棵皂荚，则让人不由自主地想起在那昔日川西平原乡村里常有的画面——当一弯月牙升起来，用茅草做顶的黄泥小屋里的灯盏熄灭了，忙碌了一天的男人发出甜蜜的鼾声。这时候，年轻的女主人却悄然走出门，来到皂荚树下的洗衣台边，清洗着男人和孩子的衣服。如水的月光泻下来，照得地面黑白分明。女人将手中的皂荚向散发着汗味、烟味、柴火味的衣服上搓过去，然后弯下腰，使劲揉着。风吹动着这小小的村子，皂荚树的枝叶唰唰地响动着。

无论是皂荚还是楠木，生长的速度都较为缓慢。但黄桷树却和它们不同，其生长迅速，三五年即树身粗壮，枝叶蓬勃，最奇妙的

▲造型别致的战旗村游客中心

是，黄桷树还有个特点，什么时候移栽，便什么时候发芽，全然不管什么春夏秋冬，只牢牢记着自己把根深入土地的那个瞬间。

初夏的晨曦洒在这棵黄桷树上。树旁，41岁的罗孝英正忙碌着。店里陆续有客人进来，罗孝英不时揭开蒸笼，按客人的要求，夹上两个包子或者三五个蒸饺，大步给客人端过去，一车身，又站到了蒸笼前，麻利地招呼着路过的游客："有面，有包子、稀饭，小菜随便拈哈。"

这是个两间铺面的小店，店里摆着九张餐桌。小店对面，是整洁、宽敞的游客中心的停车场。停车场内侧的街道边绿草如茵，正好与村外一片碧绿的稻禾相互映衬。晨风中，几朵金黄色的小花在草坪上迎风摇曳。

这是2022年7月初，如火的骄阳挡不住游客们的热情，一大早，从沙西线宽敞的路面上就驶下来几辆大客车，普通话、成都话顿时在村口喧闹起来。

罗晓英店里的客人越来越多，她脸上的笑容也越来越灿烂。开这个店，是她和丈夫吴尚东去年一起商量的结果。起初两口子还有点担心，但才一年时间，生意就"养起来了"。

"我娘家是遂宁的，是战旗村的媳妇。"罗孝英大大方方地说。

2000年春天，19岁的遂宁姑娘经亲戚介绍，与战旗村的小伙子吴尚东确定了恋爱关系。正当罗孝英沉浸在爱情的甜蜜中时，吴尚东响应国家号召，入伍去到了沈阳。两人这一分开就是5年，全靠鸿雁传书。"那时候也没有什么微信之类，他当了5年兵，我们就通过写信来联系。"2007年12月份，吴尚东光荣退役，第二年，两人举行了婚礼。随后，吴尚东将在部队炊事班学到的技术应用在生活中，两口子到龙泉开了一家餐馆。因为是在东北当过兵，罗尚东的包子、馒头做得特别好吃，两个人开的早餐馆很快就站稳了脚

▼古色古香的乡村十八坊

跟。2020年，因为新冠肺炎疫情影响，餐馆的生意直线下降。吴尚东对罗孝英说："我们回战旗村吧。"罗孝英还在犹豫，吴尚东大手一挥："放心，战旗村现在游客多得很，我们回去开店，不愁生意。"

店开起来了，依然是罗尚东拿手的白案餐馆。让罗孝英想不到的是，餐馆的生意真的一天比一天好。很快，夫妻俩就忙得不可开交，"尚东每天早上四点钟就起来揉面、做包子，我五点半起来熬稀饭……"

"你是遂宁人，在这里生活习惯吗？"

罗孝英爽朗地一笑，指着几步之外的那棵黄桷树："战旗村的水土好，不光养人，连这里的草木都沾泥就发芽。你看那棵黄桷树，长得多好。"

我转过头，瞧了瞧那棵枝叶舒展的黄桷树，又看着在蒸笼前麻利地忙碌着的罗孝英，忽然觉得，这一人一树是多么相似啊：哪用去管什么春夏秋冬，只要牢牢把根深入土地，汗水浇灌出来的生活就会巍然成景。

这，不也就是战旗村带给我们的启示吗？

如画的战旗带给我们的不仅仅是汗水的启示，还有让人品咂不尽的、余味悠长的民俗滋味、人文景观。

当你漫步在乡村十八坊里，悠闲的脚步踩踏在青砖和石板铺就的路面上，迎面而来的是一面面在风中飘扬的"豆腐乳坊""唐昌土板鸭""唐昌粽子"等幡子，那久违了的老川西平原的生活情趣就一点点在内心生发开来。

这些小作坊是以前店后坊的形式呈现出来的。也就是说，任何时候，你都可以停下脚步，饶有兴趣去观看那些豆腐乳、板鸭等的制作过程，兴趣来了，你也可以亲自上阵，去体验一把那并不遥远的父辈们的生活。这些作坊里的老艺人们都是采用古老工艺制作产品，可谓一店一故事、一店一传奇，让你不仅能感受浓郁的川西传统文化风韵，更可以学习和感受一丝不苟、精益求精的工匠精神。

豆腐乳▶

不仅是这些生活场景，这里的楹联也值得细细品味。比如"郫县豆瓣"门面上的那一副：

储古月总护佑蜀裔福祉
自新天为升华川味灵魂

而对面"蜀酱坊"里，也飘荡着豆瓣的香味：

翻晒露天地灵气
色香味日月光照

色香味的气息已经氤氲起来。迈步进去，整个院坝里所排列着的是大大小小的土陶缸子，上面都盖着传统的圆锥形盖子，让人恍若走进了时间的另一头。

逛完那凝结着时光味道的各类乡村作坊，就进入了"文化大院"。大院里，有一座戏台，是原汁原味仿照传统样式的木结构川剧戏台，高敞阔大。每逢节庆日子，戏台下总是坐满了人，当鼓点擂响，不管是武戏还是文戏，只要台上的演员一亮相，台下立刻就会响起热烈的掌声。

五十多年来，战旗人用汗水浇灌出了如今幸福的生活，也造就了全村人豁达、敞亮的精神世界。

这一片天地，正如那名为"精彩战旗大美唐昌"的四言句子所描绘的：

横山之阳，柏水之滨。
西通灌口，北接天彭。
青畴沃野，阡陌纵横。
秀毓天地，代有豪英。

▲ 三编坊

▲ 酱园坊

▲ 战旗村民居

兴邦救国，各建奇勋。

乃文乃武，名垂丹青。

缅之颂之，永励来人。

今逢盛世，百业振兴。

城乡竞美，万象欣荣。

咏之叹之，以示来宾。

二

是什么原因让成都平原一个资源并不丰厚、位置还比较偏僻的普通村庄在短短的五十多年间，能有如此惊人的变化呢？

答案其实很简单，是因为战旗村的历届"当家人"和一大群党员们始终准确把握着脚下这片土地的脉动，他们以不变的初心、智慧的巧心、火热的真心率领着这片土地上的乡亲们，向着前方的目标大步奋进。

这一变化，既源自基层的探索，更源自党中央的正确领航，省、市党委政府的正确领导。

2022年4月26日上午9时，中国共产党成都市第十四次代表大会在成都隆重开幕。一大早，战旗村的党员干部们就整齐地来到了会议室，认真聆听中共成都市委书记施小琳同志代表中国共产党成都市第十三届委员会向大会作的题为"牢记嘱托　踔厉奋发　全面建设践行新发展理念的公园城市示范区"的报告。战旗村党委副书记李光菊感慨地说："市第十四次党代会在这样一个阳光明媚的日子召开，像这样的天气我们经常可以看到，成都市雪山下的公园城市是实至名归的，本次党代会回望了过去五年的成就，也对未来五年做了安排，激励着我们奋发前进，我们村也将按照'红色战旗，绿色乡村'的发展思路，不断推进生态价值转换，努力建设更加美丽幸福的家园。"

作为党代表，高德敏更是体会颇深："整个报告反映了全市广大人民群众的强烈愿望和共同心声，令人振奋鼓舞。下一步，战旗村将围绕'红色战旗，绿色乡村'的发展理念，牢记'走在前列，起好示范'的殷切嘱托，继续发挥'火车头'的引领作用，为全面建设践行新发展理念的公园城市示范区、积极探索山水人城和谐相融新实践贡献战旗力量。"

就在这一天，中国人民解放军陆海空三军仪仗队指挥刀、中华人民共和国升旗指挥刀发明人沈从岐先生向战旗村捐赠了一面2021年7月1日在北京天安门广场升旗专用红旗，以及一把三军仪仗队的指挥刀。

当这面鲜艳的五星红旗在战旗村党群服务中心门口徐徐展开时，全场的人们都沉浸在了庄严的气氛中，他们仰起脸来，注视着这面红旗，眼里饱含着激动而又深情的泪水……

三

湖北生，孝感来。四川辈，五十排。照家谱，依次排。是易姓，莫乱来。要创业，共奋斗。要努力，齐心做。爱祖国，爱劳动。重生产，学技术。要勤俭，会致富。多节约，少耗用。青年时，不学赌。精打算，少烟酒。是长辈，带头做。重言语，看行动。同龄友，和乐处。有疾苦，共互助。不说短，学长处。遇外侵，共对付。育后代，要培养。学礼貌，尊师长。老养小，重教养。到头来，小养老。对子孙，多培养。学文化，父母养。学生产，学经商。敬长辈，理应当。好儿女，学社交。态度和，效率高。愿易姓，多兴旺。遵祖训，决不忘。为易族，共争光。

这一家训，是位于桂花林边的易家大院的。

新中国成立前，易家也有家训，有祠堂。但那时的家训，有着浓厚的"功名利禄"色彩。20世纪90年代，易姓族人在原有家训的基础上，结合时代精神，重新制定了这一具有时代色彩的新家训。

易家大院的旁边，是一片桂花地。

许多年来，川西坝上的农人们对土地的称呼有两种，一叫作田，一称为地。两者的区别有些微妙，种庄稼的地块叫作田，种蔬菜或果木类经济作物的，叫作地。数十年前，易家大院旁边的桂花地原本是一片田，一年两季，夏季小麦飘香、油菜金黄；秋天水稻飘香，稻浪翻滚。后来，这片地成了一片桂花林，地不多，也不少，如果按照农田面积来算，总共约有一亩半左右，自从栽种了桂花之后，战旗村的许多老人就把这里叫了桂花地。对他们来说，每天最惬意的事，莫过于早晨起来，泡上一杯茉莉花茶，然后端着茶杯，到这片桂花地里走一走。尤其秋高气爽的农历八月，桂花淡淡飘香，将在人间劳碌了数十年的身心浸泡在桂香里，再沐浴着拂面的清风，真是说不出的舒爽。

像楠木林一样，三十多年来，这片桂花林与战旗村的乡亲们一路同行。这片林子里，桂花品种繁多，无论是金桂、银桂，还是四季桂、八月桂、丹桂，桂花枝叶摇曳在战旗村人的生活里，使他们每一个平凡而又朴素的日子都洋溢着桂花的芬芳。

一谈起桂花，战旗村的老人们就打开了话匣子："桂花的花香是一种甜清香型，不同的桂花，香气是不一样的。比如说，金桂香气浓郁甜润；银桂香气清灵幽雅；丹桂则香气较次而醛香稍浓；而四季桂香气是甜清之中略带一点苦味。"

2022年初春，当熹微的晨光从蜀绣坊的窗户里洒下来时，绣娘袁胜利在乡村十八坊的蜀绣坊里又开始了一天的工作。她低下头，随着纤纤十指上下左右翻飞，一尾金色的鲤鱼在绣面上缓缓呈现出来。绣坊里静悄悄的，偶尔有几个客人进来，在一幅幅精美的绣像前驻足观看，可是当他们准备问询价格，将目光转向窗边的袁胜利时，才突然发现，不管他们怎么问，这个清秀的女子只是抬起头来，一言不发，只冲着他们微笑。游客们这才恍然大悟，眼前这个心灵手巧的绣娘，竟然是个聋哑人。

▲绣出春色如许

在战旗村众多引人注目的事件里，袁胜利的故事可谓毫不起眼。然而，她的人生足迹，却有着别样的意味。

很难想象，就在几年前，袁胜利还是一个严重的"社恐症"患者。战旗村人对"社恐症"有着自己的认知和称呼，他们说这叫"羞羞病"。意思就是怕羞，不敢见生人。

"说起我们胜利，原来过的真是很造孽的生活。由于先天聋哑，她得了羞羞病，一直躲在家里，从来不敢参与到社会中去。"谈起自己的女儿，70岁的张佑群眼里都是怜惜，"她得了这个病，到学校读书是不行的了。可是连字都不认识，那不成了文盲了？"

幸好，袁胜利的父亲原来是一名民办教师，于是，袁胜利跟着父亲勉强读了几年书，学会了写自己的名字。可是，她的"羞羞病"却一直没有好转，望着眼前一天天长大的女儿，张佑群的心里"愁紧了"："那时候，我为她今后的命运焦心不已……"

命运的转机发生在2009年。

这一年，战旗村举办了首届绣娘培训班。从小就喜欢针线活的袁胜利得知这一消息，羞涩地跟母亲表达了想去学习的愿望。张佑群几经思考，终于在邻居的劝说下，将女儿送到了培训班。让她没想到的是，袁胜利竟然得到了老师们的一致赞赏。

培训班结业之后，袁胜利如愿以偿地成了一名绣娘。她脸上的笑容也一天比一天灿烂。

在战旗村，当你漫步在柏条河边，每天都会遇见许多像张佑群母女这样普普通通的战旗村人，他们每个人的肚皮里，都装着令人难以忘怀的故事。他们的故事，是那样的朴实而又美好，洋溢着土地的深情。

后记

要描绘中国乡村振兴那波澜壮阔的时代画卷，该从哪里下笔？这几年来，我一直在苦苦地思索和寻找。

我期待能找到一个看得见乡愁、望得见明天的地方。

2022年3月，川西平原正是油菜花金黄的时节，从空中俯瞰下去，满地的金黄辉煌地铺到天边，恍如到了诗人们向往的黄金国。当风轻轻一吹，那黄金国便涌起朵朵浪花，天地间，一圈圈金色的涟漪随风铺展，随风荡开……

这时节，我来到了郫都区战旗村。当车从高速公路的风驰电掣中突然慢下来，扑面而来的便是沁入身心的久违了的悠闲与放松。前方，青幽幽的柏油路沿着青瓦白墙的民居向油菜花田深处延伸，车窗外，不时闪过红的樱桃、白的梨花。恍然之间，通往战旗村的道路让时间倒流，带我回到了昨日温情的童年。

我的童年是在川西平原的乡村里度过的，准确地说，是20世纪70年代初期崇州黑石河畔一个名叫胡家石桥的小小的川西林盘。在我的记忆中，沃野千里、流水淙淙的川西平原上，曾经散布着无数像胡家石桥这样翠绿的林盘。城里人心闹，乡下天地宽。天阔地远的乡村里，一座座林盘如静止之舟，被四季青黄的庄稼四面包围，托载起袅袅炊烟，将我祖辈的生命一代又一代地从此岸渡向彼岸。

那时候林盘里多小河，生了青苔的鹅卵石常在水底静静躺着，终年流碧泻翠，水声叮咚。人家的房前屋后栽的大多是慈竹，一棵棵，一丛丛，一年四季，它们总是绿得清风瘦骨。

对土地的深情就是在这样一种环境里，一点一滴流进我心田里的。然而令我惭愧的是，当我走过童年，步入少年、青年时，逃离乡村的想法却一天比一天强烈。原因很简单，那时候，与都市的灯火比起来，乡村已不再迷人。

是的，近数十年城市化的浪潮早已让一方天地暗中进行了转换。当新世纪第一缕曙光在川西平原上闪现时，我们吃惊地发现，古老的川西林盘早已发生了令人惊异的变化，传统农耕生产生活模式遭遇了始料未及的尴尬，正在悄无声息地淡出人们的视野……

那既承载了乡愁又充满活力的乡村风景该到哪里去寻找？

令人振奋的景象终于出现了。当新时代的曙光展露在地平线上时，昨日的乡村开始发生翻天覆地的变化。

这变化，是由乡村振兴的号角吹响的——2017年10月18日，党的十九大在北京隆重召开，会上提出了全面推进乡村振兴的发展战略。就此，中国的乡村振兴发展有了总要求，那就是产业兴旺、生态宜居、乡风文明、治理有效、生活富裕。这一发展战略，充分彰显了以习近平同志为核心的党中央始终坚持以人民为中心的价值追求、心系农业农村农民的国家情怀、立党为公执政为民的历史担当，是继社会主义新农村建设之后更加深入全面系统解决"三农"问题的重大部署。

锦江春色来天地，玉垒浮云变古今。

从脱贫攻坚到乡村振兴，随着时代发展的步伐，短短十年间，中国的乡村走上了一条不平凡的道路。今天，当你随意走到川西平原上任何一个村庄，看到的是翠绿的田畴、宽阔的道路和精致时尚的各式民居，这样的风景让你为之欣喜。一条条崭新的水泥路从茂林修竹深处延伸出来，与不远处的柏油马路连成一体，四通八达。

从城市灯红酒绿的繁华里抽身出来,只需几分钟,你就可以听到久违的蛙声,看见满天的星光。在这样的村庄里,停车场、垃圾桶、入户道路等基础设施一应俱全;绿化花草与原有竹木相映成趣;无线网络悄无声息地全覆盖,天然气管道入户进屋……曾经离开的村民又搬回来了,他们悠然劳作,尽享天伦之乐。城里人来了,他们一进村就大呼小叫:好一个世外桃源!他们在这里流连忘返:品农家清茶,尝农家菜蔬,赏菜花金黄,闻稻香芬芳……他们来了就不想离开,他们离开了还一次次重新返回……

在乡村振兴的号角里,我们看到,中国的乡村既保留了古老的乡愁,又焕发出了勃勃生机。

而战旗村,就是中国乡村振兴的一个生动缩影。她原汁原味,动人心弦。高大的乔木、竹林和灌木被周围的农田所映衬。林盘外面,田野一年四季随季节青黄碧绿,远远看去,就像一幅水墨晕染的田园风景画。她曲径通幽,宛如世外桃源。走进其中,郁郁葱葱的竹林下,是蜿蜒的小径;小径深处,阳光斑驳,竹影婆娑,蟋蟀低吟,百鸟鸣啭。她产业兴旺,人才荟萃,人们生活幸福……

这个川西平原上不起眼的小小村子,在短短的五十多年间,从无到有,由小到大,由穷变富,由富变美,带给我们深深的思索:农为邦本,本固邦宁!

杨虎,四川崇州人,中国作家协会会员,巴金文学院签约作家,成都市人民政府参事。主要作品有长篇散文《西蜀寻隐》等。

图书在版编目（CIP）数据

中国有个战旗村 / 杨虎著. ——成都：成都时代出版社，2022.9

ISBN 978-7-5464-3129-1

Ⅰ.①中… Ⅱ.①杨… Ⅲ.①报告文学—中国—当代 Ⅳ.① I25

中国版本图书馆 CIP 数据核字（2022）第 150654 号

中国有个战旗村
ZHONGGUO YOUGE ZHANQICUN

杨虎 著

出 品 人	达　海
责任编辑	李卫平
责任校对	阚朝阳
封面设计	寻森文化
装帧设计	成都九天众和
供　　图	战旗村
责任印制	车　夫

出版发行	成都时代出版社
电　　话	（028）86742352（编辑部）
	（028）86763285（市场营销部）
印　　刷	成都博瑞印务有限公司
规　　格	185mm×245mm
印　　张	18
字　　数	270 千
版　　次	2022 年 9 月第 1 版
印　　次	2022 年 9 月第 1 次印刷
书　　号	ISBN 978-7-5464-3129-1
定　　价	58.00 元

著作权所有·违者必究

本书若出现印装质量问题，请与工厂联系。电话：（028）85919288